主编 凌翔

枇杷树下

王小柳 著

民主与建设出版社
·北京·

图书在版编目 (CIP) 数据

枇杷树下 / 王小柳著 . — 北京：民主与建设出版
社，2023.6
ISBN 978-7-5139-4311-6

Ⅰ . ①枇… Ⅱ . ①王… Ⅲ . ①散文集—中国—当代
Ⅳ . ① I267

中国国家版本馆 CIP 数据核字（2023）第 145457 号

枇杷树下
PIPA SHUXIA

著　　者	王小柳
责任编辑	周佩芳
封面设计	邓小林
出版发行	民主与建设出版社有限责任公司
电　　话	（010）59417747　59419778
社　　址	北京市海淀区西三环中路 10 号望海楼 E 座 7 层
邮　　编	100142
印　　刷	三河市中晟雅豪印务有限公司
版　　次	2023 年 6 月第 1 版
印　　次	2023 年 9 月第 1 次印刷
开　　本	710 毫米 ×1000 毫米　1/16
印　　张	13
字　　数	200 千字
书　　号	ISBN 978-7-5139-4311-6
定　　价	59.80 元

注：如有印、装质量问题，请与出版社联系。

目 录

那些年乘坐的交通工具

小时候，我们家的主要交通工具是自行车，爸爸妈妈各有一辆，他们自行车前面的横梁和后面的座位就是我的专座。前面的横梁比较安全，但坐的时间长了容易腿发麻，后面的座位比较舒服，但在犯困的时候容易从后座上掉下来，每次我坐在自行车后座的时候，爸爸妈妈都要想着办法和我讲话，防止我犯困。

后来我上学了，我们单位家属区的孩子上学都是乘坐单位的班车。因为家属区离学校有十里路，路途较远，单位提供一辆大客车，专门接送家属区的孩子上下学，家属区的孩子都是乘车达人。早上大家在小区门口排队，井井有条地上大客车，每个上车的学生都会立刻在剩下的座位中找到一个最优的座位，没有了座位，大家选择站在自己好朋友的旁边，一路上欢声笑语。

高中的时候，我在省城读书，离家有两个小时的车程，每到周末就乘长途大巴车往返。在车上的两个小时就是自己的休闲时光，可以戴上耳机用随身听听歌曲。坐在大巴车靠窗的位置，看着一路的风景，那些树啊，湖啊，房屋啊。我最喜欢观察人流密集的地方，那里有人在家门口互相呼唤，也有人在马路边的集市上交易。

第一次远离家门是到北方读大学，准备好行李后，家人送我上了火车，那时候买的是火车卧铺，也是我第一次坐火车卧铺，满心的期待。当我来到我的卧铺时，笑容逐渐凝固，那是在一个狭小的空间里面，有上中下三个铺位，我的票是一个中铺，当时票比较紧张，中铺相对容易购买，也是空间最小的铺位，对于高个子来说，都没办法在铺位上坐着直起身子。我躺在中铺，想起离家越来越远，眼泪不争气地流了下来。

第一次坐飞机是大学快毕业的时候，赶往南方参加面试。因为时间紧，所以买了前一天晚上的飞机票，第二天一早面试。出发的时候，寝室室友帮我推着行李箱送我上了飞机，上飞机前我记得室友给了我一个牌子。坐在飞机上，我的心情飞扬起来，这是一家不错的公司，如果面试成功，我就可以顺利开始工作、自食其力了。

过了一会，我又紧张起来，等飞机到了以后，我需要赶往自己预订的面试公司附近的酒店，还需要再复习一下面试的内容，我的行李箱里面有我面试需要的正装，还有面试资料。飞机降落了，可是我的行李箱在哪里呢。我等其他人都走了，最后下了飞机，这时候空姐在门口向每个人告别，我提出了我的疑问：我的行李箱在哪里呢？她耐心地看了我手中的牌子，告诉我行李箱办理了托运，拿着这个牌子去机场取就行了，她温柔的声音消除了我的紧张和不安。

"独游千里外，高卧七盘西。晓月临窗近，天河入户低。"人是自己的主人，也是世间的过客，现代的交通工具越来越先进，为我们的生活提供了更多的便利，也给我们带来了许多新的体验。

小镇男孩

　　父亲上了年纪以后，越来越像一个老小孩，开心的时候就会唱上两句，一有空就拉着孙子孙女说起他的童年往事。父亲小时候住在一个小镇上，镇上有一条大河，每当他绘声绘色地给孙子孙女讲故事的时候，我仿佛看到了那个在小镇上奔跑的男孩。

　　小镇男孩的家在镇上街边的一幢楼里，他家和镇上的大多数房子一样，都是木质的。男孩的爹爹是镇上的裁缝，带了十几个徒弟，阿娘日常在灶台边忙碌。吃过晚饭，他会在油灯下温习功课，老一辈的人总和小镇少年们说，要努力读书，不然以后就只能焐青石板。"焐青石板"大概就是做流浪汉的意思，小镇上的路是青石板做的，大冬天还要去焐青石板，想想就挺冷的。

　　夏天的时候，孩子们大多跑到河边玩耍，镇上的老人曾和他的爹爹阿娘说过，"这孩子命里犯水，每年都要躲水关"。早晨起床的时候，穿上衬衣，他的阿娘会仔细地用线把衣领缝好，做好标记，以防他偷跑下水。在河边看着几个孩子"扑通扑通"跳入水中，他也跃跃欲试，但低头看看衣领上缝好的线脚，又忍了一忍。有一天早上，阿娘没来得及给他缝衣领，于是河里就出现男孩游泳的身影。大孩子们正在河里比赛，他们要横跨河道。男孩也试了一下，但游到半途他又想了想，最后还是折返上岸。

　　镇上梁掌柜家的茶叶干是一绝，配上他家的五香黄豆就成了一道美味的小菜。赶集时，秦老头准会挑个担子来到男孩家，给他爹爹推荐一些好看的花边装饰，他爹爹每次都会收下一些，做衣服的时候用。说起做衣服，镇上首屈一指的还得数他爹爹。然而，他爹爹整天板个面孔，看起来很是严肃，只有看到大徒弟阿俊时才会舒展眉头。阿俊是个能人，没有他不会的，男孩爹爹教的裁剪缝纫手法，他很少出错。清晨，阿俊会提个篮子去李掌柜家买早点。买上一篮子大饼油条，再配上男孩阿娘煮的小米粥，就是一顿饱餐。吃饭时，徒弟们都看着男孩爹爹，等他动了筷子，才跟着吃起来。

有段时间，孩子们都在遛鸟，他也想要一只。"阿俊，阿俊，给我捉只鸟来。"不出几日，阿俊果然捉到一只，放在小小的鸟笼里。小鸟出生一个月不到，是只画眉，全身棕褐色，头上和背上有纵纹，眼圈白色延伸眉纹，非常漂亮。他可高兴了，天天提着鸟笼逗它。小鸟渐渐长大，会发出清脆悦耳的鸣叫声，男孩给它喂摘下的果子，也会捉昆虫给它吃。小鸟和他关系可好了，哪怕打开笼子，放它在屋里，它也只是围着男孩转，不会飞走。

那天，小镇男孩帮阿娘收晒好的玉米粒，他把玉米粒放到圆圆扁扁的簸箕里，用手环抱着簸箕走进屋里。谁知，小鸟在地面上，见他来了也不躲，他手里拿着簸箕，看不到地面。忽然，只听见"咯吱"一声，他连忙放下簸箕，低头一看，小鸟已经奄奄一息了。这画眉还是太相信他了，小镇男孩伤心地哭了起来。男孩爹爹说："男儿有泪不轻弹。"阿俊摸摸他的头，"下次再给你捉只更好的"。他和阿俊把画眉埋在了后院。

如今，小镇男孩已经成了一位两鬓斑白的老者。说到画眉，他眼角湿润了。孙子忙说："爷爷，爷爷，下次我们去公园花鸟市场的时候，也提一只画眉回来。"小镇男孩说："好，好，那画眉鸟的叫声可真是好听。"

论朋友

　　说起交朋友，我并不擅长，而且随着年龄的增长，越来越不擅长。所以我的高光时刻，差不多是在小学的时候，那时不说是呼朋唤友、左右逢源，至少认识一群朋友。他们有的是同学的邻居，有的是邻居的亲戚，还有的是亲戚的同学，不得不说作为一名平平无奇的小学生，当时的社交能力真是了得。随着年龄的增长，尤其是到了高中以后，自己对自己的能力有了更全面的了解，我是没办法同时处理许多人之间的友谊的，一般都是仅有一两个挚友。

　　冯唐曾经说过，"只花时间给三类人：好看的人，好玩的人，又好看又好玩的人"。听着就很酷，这句话也说明了一个问题，愿意花时间在你身上的人，和你交朋友的人，你不一定看得上，反之，你看得上的人，他不一定愿意和你交朋友。仔细想想我能够相处得很好的朋友，往往都是性格好又聪明，在某些方面能很好地兼容我。以前我们宿舍有位同学，她特别乐于助人，脾气又好，还经常在所有人不在宿舍的时候，将宿舍打扫得干干净净，连卫生间也是清扫得一尘不染，谁会不喜欢这样的朋友呢。

　　朋友就是那个希望你好，同时又会指出你的缺点，帮助你进步的人。那是一年母亲节，我刚从自习室回到女生宿舍，我们宿舍的寝室长就问我，有没有给你的妈妈打电话？我看着她说，祝贺节日快乐是吧，我们家不讲究这个。我当时觉得打电话，祝家人节日快乐，是一件很害羞的事情。寝室长说，我们都已经打过电话了，你也要打电话祝母亲节日快乐，如果不打电话的话，我们就不让你吃晚饭。寝室长一再强调，看来这个电话不得不打了。

寝室长又对我说，你看你妈对你多好，上次来还给我们带了那么多水果，而且你妈给你买的衣服每件都很好看，她的审美真不错，而且你父母也是特别地理解你。听她这样说，我只好硬着头皮拨通了妈妈的电话，第一次大声说出祝妈妈节日快乐。后来妈妈跟我说，那是她过得最快乐的一次母亲节，妈妈觉得我的背后应该有高人指导，为我在学校交到了很好的朋友感到欣慰。

朋友之间最难得的是心有灵犀一点通。那一年我和同学互相鼓励报名了精算考试，一到周末就去教室自习备考。君子和而不同，她喜欢去路途较远的新教学楼，找一个人少、楼层高的教室学习，我喜欢去离宿舍近的老教学楼，在木质的教学楼二楼找个靠窗的座位学习。虽然我们不在一起，但学习节奏却一致。我们之间短信联系内容是这样的，第七页有一道题看似复杂，实际套用例题三的解题方法，很快就能解出来。好的，第五页的几个定义要好好记一下，后面会一直用到。半天的学习结束后，我们会相约去我们中间位置的美食广场就餐。

我们互相扶持顺利地通过了考试。考完试，我们在学校的池塘边，呆呆地休息了几个小时，看蜻蜓飞舞，赏树枝摇曳，随着荡漾开去的水波放松心情。然后她说了一句，好像没什么意思，我们去学习下一门课程吧，晚饭美食广场见，我赞不绝口。

"愿你被很多人爱，如果没有，愿你在寂寞中学会宽容。"真正的朋友有的时候就是另一个自己，有的时候知己难觅。我们只能做好自己该做的事情，敞开心扉，期待在人生路上遇到一段段双向奔赴的友谊。

小镇的桥

　　小镇是我的故乡，小镇的风景百看不厌，最美的莫过于小镇古城墙外一条奔流不息的大河，以及河流上的桥。

　　本来几十米宽的河上是没有桥的，每天往返两岸的人很多。有的人家住在古城墙里，耕田却在河的那一边，有的人家亲朋相隔大河两岸，还有的人家需要过河到镇上去赶集。起初，河上往返只能靠一条摆渡船，那是一条又大又深的电动船，人多的时候，可以载几十人和货物。专门有个大爷开船摆渡，他家就在河岸边住，有的时候，大爷十几岁的儿子也会过来帮忙，小伙用竿将船轻轻推离岸边。微风吹来，"五两竿头风欲平，长风举棹觉船轻"。

　　随着河两岸的来往越来越频繁，小镇在河上架起了一座浮桥。浮桥真是美，像一条项链点缀在大河上，它是由几十条蓝色的小船用链条串联成的。每条小船上都铺有木板，船与船之间由木板和链条连接，这样，赶集的人们挑着担子也能轻松地从河这边荡荡悠悠地走到河那边，人们也省去了坐摆渡船的几分钱。不管刮风下雨，日晒雨淋，水涨水落，浮桥总是在那里，稳稳地浮在河上，连接两岸。人走在上面不紧不慢，"虹桥千步廊，半在水中央"。

　　后来交通工具渐渐发达，乡亲们也希望可以把自家产的水蜜桃、西瓜等从河上运出去，在河上架一座桥的需求就迫在眉睫了。父亲那时已经离开了故乡，听说故乡准备建桥，连忙找到筹资委员会，以家庭为单位捐资，以尽绵薄之力。桥终于建成了，桥上可以通车，交通一下便利起来，两岸的经济也更加发达。那是一座拱桥，中间有一个弯弯的拱洞。拱洞的左右两边各有几个对称的小拱洞，有时我们会到桥洞下面去玩耍。在桥头到拱洞的阶梯旁，立了一块奠基石碑，碑上刻有百余户当年为建桥自愿捐款人的姓名，很有纪念意义。

又过了十余年，桥渐渐有了年代感，随着周围建筑耸起，原先高大的桥也似乎不那么起眼了。这座桥经过的那条路被政府规划列为城市之间的高速公路，在原有大桥的旁边，又建了一座特大桥。特大桥连接高速公路，稳健壮观地横跨大河两岸，小镇也热闹起来，焕发了新的生机。

河流滔滔不绝，翻着浪花向前奔流，河水滋润了两岸的农田。两座桥屹立不动，像玉带一般带动了物流的运输、盘活了当地经济。新、老大桥已经成为当地的标志性建筑，每一个故乡人对桥都有着深厚的感情，不管走多远，这里都是我们魂牵梦萦的地方。

妈妈和她的学生们

妈妈在中学教的是音乐和美术，准备参加艺术高考的高中生，都喜欢往妈妈的办公室跑，妈妈的办公室里常年聚集着俊男靓女。

妈妈的办公室位于学校两层办公小木楼的二楼，沿着木质的楼梯走到西边最里面一间就是。妈妈的办公室也是学校的乐器仓库，乐器靠里摆放，靠着窗户的是钢琴，旁边放着手风琴，架子上有鼓之类的打击乐器和笛子之类的管乐器，后面的墙上挂着二胡之类的弦乐器。靠近门的地方摆放着画板、颜料和话筒之类的物品。

学音乐的学生，都非常刻苦，平时除了学习文化课知识、乐理知识，至少还要会一项乐器的弹奏。有个女学生叫晓琴，她很喜欢音乐，经常过来帮妈妈打扫房间、搬东西，抽空就在钢琴上面练习弹奏，还喜欢唱歌，妈妈经常夸她天生一副好嗓子。后来毕业了，晓琴没有继续学习音乐，妈妈每次说起她都表示很可惜。她上班以后去了城市的企业里面，刚去的时候，人生地不熟，很是尴尬。后来她加入了单位的合唱团，还可以帮合唱团钢琴伴奏，渐渐地，她找到了自己的兴趣爱好，工作起来也更得心应手。有一次，她开心地给妈妈打电话，感谢妈妈教给她的音乐知识，她现在在单位工会，带领合唱团进行比赛，还上了电视。所以说，技多不压身，人生没有白走的路，每一步都算数。

学美术的学生，大部分都很时尚，他们的发型和衣着能引领潮流。有一次，我正在办公室里写作业，一群绘画的学生进来了，妈妈让我做模特，他们便一一拿起画板，画我。画完以后，互相评比，一致认为张同学画得最好。过去看了一眼，发现原来是我写作业的样子，从正面看，两条眼睛是眯成两条线，圆圆的脸，眉毛皱起。妈妈说张同学的确画得好，既画出了我做作业的认真劲，又保留了儿童的稚气。张同学穿了一件皮夹克，理了一个郭富城一样的发型，很是潇洒。后来，张同学由于文化课不达标又复读了一年，最终考上了自己心仪的美院。毕业后，张同学也一直发展得不错，经常参加美术展览，听说还投资艺术品做起了老板，师生聚会的时候经常抢着买单。

还有一些学生是妈妈学校的广播站的，跟着妈妈学习播音主持。我的同学琳就是广播员，地方传统戏剧艺校来选拔苗子，经过试唱、走台，一轮轮筛选，最后选中了她。后来，琳就读了艺校，通过不断的努力学习，琳在学校任艺术类教导员，每次回家也会到我们家来玩。

每次有学生来看望妈妈，我们都要感叹妈妈这个艺术老师真是桃李满天下。妈妈说，教育就像种树，每棵树都有它的生长姿态。有的在春天里繁花似锦，有的在秋天里硕果累累，有的三年挂果，有的十年成材，只有坚定不移地耕耘，才会有收获。

抚平情绪安度夏日

步入夏季，在日常生活和网络上经常可见人们焦虑、急躁的现象。有的时候，人可能会无法控制自己的情绪，甚至到了崩溃的程度。如何才能避免情绪失控呢？

人们焦虑、急躁的原因是多种多样的。有的受气候因素的影响，天气炎热本身就让人不舒服；有的受身体因素的影响，饿了困了人就容易发脾气；有的受生活压力的影响，经济上暂时周转不开让人顿生无力感；有的受工作压力的影响，事情多任务重的时候让人尤为烦躁。此时如果不控制情绪，任由其发展，往往会事与愿违，增加事情的复杂程度，更加不利于事情的解决，甚至影响身体的健康。

曾经我观察过女儿发脾气的过程，上幼儿园时，女儿不擅长手工劳动，在做手工的时候，总是有不尽如人意的地方，看着自己剪裁得不整齐的纸面，女儿就发起脾气。大人也一样，往往都是做自己不擅长、不熟悉的事情容易发脾气，抑或是做事情没有达到自己的目标，就有莫名的火气出来。这个时候，我们能做的就是多学习多练习，把不擅长、不熟悉的事情变成自己拿手的事情。

我有个朋友，被调到不熟悉的工作领域委以重任，他准备大展身手，但总有力不从心的感觉，处理事情难免急躁。他不断反省，对过去经验进行总结，对于新的领域多收集材料，下载了新领域相关的综合评论和研究论文共两千多篇，他将这些材料进行归类整理，全部通读并做出思维导图。在做项目开发时，渐渐得心应手，对于别人提出的建议，他总能有自己的见解，不会人云亦云。所以实力是解决焦虑急躁的法宝，是良好的理解力、沟通力和执行力的前提，做事情胸有成竹，整个人自然气定神闲。

降低对自己的要求，调整幸福和成功的目标，也是解决情绪问题的好办法。同样一件事情，有的人目标是90分，达不到就郁郁寡欢，其实如果目标是60分，得80多分已经是顺利完成任务了。工作的标准不能变，自我的认可标准可以调整，这样才能减少内耗，信心满满地去做事情。人生如果实在有解决不了的问题、想不通的事情，索性洗个热水澡，早早上床睡觉。这不是一句空话，科学研究表明，人的大脑在焦虑、抑郁和急躁的时候，有睡觉的需求，几个小时睡眠以后，经过自身的调整，这些不适会有所下降。

遇到情绪的问题，我们可以去换一个环境，让生活慢下来、静下来，抚平生活的毛躁，去大自然中放松心情。"蝉噪林逾静，鸟鸣山更幽。"还有些事物是我们无法改变的，那就只有去适应它，比如天气。晴天的时候就享受阳光的明媚，雨天的时候，就体会落雨的浪漫。"殷勤昨夜三更雨，又得浮生一日凉。"

我们在生活中愉悦自己，有的时候，好心情是早起听到的一段优美的音乐；有的时候，好心情是自己动手烹饪的一顿美食；还有的时候，好心情是朋友间会心一笑。控制好自己的情绪，平安度过炎炎夏日。

母亲小院有半亩花田

　　母亲喜欢安静，曾经也在小区和熟人嗑瓜子、聊家常，但是最终还是回到家里专心养花。她是一名教师，退休以后，养花的兴趣越来越浓厚。

　　母亲养花也有自己的圈子。养花人互相有一种天然的联系，方圆几里路内，谁家养花养了什么花，圈子里的人都是知道的。养花人在小区里散步，经过我家小院，也会观赏一番。如果哪种花养得好，马上就会夸上几句，然后再向母亲取经。或者有养花人，自己研究了什么生态环保无异味的肥料，更是要奔走相告，母亲听了，也会跟着尝试一下效果。大多数情况，是看中了别人家独特品种或颜色的花，互相把多余的分给别人，赠人玫瑰，手有余香。靠着这个技巧，母亲小院的花品种繁多，四季错峰开花，单是蔷薇就有好几十种。真是"黄四娘家花满蹊，千朵万朵压枝低"。

　　母亲养花很用心，特别注意每种花的习性，根据习性进行摆放和浇水。太阳花、三角梅、仙人掌和多肉，每浇一次水，浇透以后可以好几天不用浇水。墙脚边摆放的是绣球、发财树和君子兰等喜阴的植物。每天的淘米水都会留在阳光下备用，也会自制一些生态肥料，将菜根和果皮切成丁，放在水中加入糖进行发酵，这些都是花儿们的养分。有一次，我问母亲为什么养的花那么好，母亲说就是想着办法给它们增加营养。"以前你在家的时候，到处给你搜寻营养美食，现在不过是把当时的精气神都用到花上去了。"想想也是，在我读高中的时候，母亲经常早早去菜市场，遇上渔民便可以买到很好的鱼虾，回来做成可口的菜式，给我增加营养。上晚自习的时候，母亲也会给我热好牛奶和点心作为夜宵。养花如养人，所以母亲养花这件事，早就是经验丰富了。

母亲养花很会统筹安排。她有很多秘密法宝，每年风信子、百合花的花期结束以后，她都会把它们的根小心地移到小院一块肥沃、温暖的土地里，在这里，它们会经过大半年的蛰伏，来年等它们发芽了，再移到花盆中。长寿花和不死鸟进行嫁接，整个盆栽结构煞是好看，既有不死鸟粗壮的枝干，又有长寿花超长的花期，自然成为小院的亮点。家中书桌上电脑旁，常年摆放芦荟、吊兰和宝石花等防辐射的植物，真是物尽其用。不要忘了，母亲是一名教师，因材施教，因势利导是她的强项。

母亲在小院怡情养性，种植花草，既可以活动筋骨，还可以利用育人经验，最主要还有美景陪伴，真是一个有益又实用的兴趣爱好。我知道，在她的心里，有半亩良田，寸草不生，种满了花。

璀璨夏之花

夏季，在四季中犹如人生正在青壮年，这期间连大地上的土壤也尤为肥沃。那些树啊草啊，日益郁郁葱葱，枝头上的绿叶墨绿而亮丽，那满眼的绿啊，像油一样仿佛要滴了下来，璀璨的花儿也一批批赶着趟儿绽放。

早晨盛开的花儿是太阳花、向日葵、牵牛花和凌霄花。太阳花随处可见，太阳升起的时候，五颜六色的花儿一片片地盛开，有红的、橙的、黄的，等等。凌霄花卷着层层花瓣，高高地吹着喇叭，在架子上绿叶的衬托下，那一抹抹橙色显得更为贵气。早晨的花儿都听从太阳的统一指挥，太阳越艳，它们开得越是奔放，等到太阳下山的时候，它们就收起花朵，蔫成一团在一旁休息，待明日太阳出来的时候，再努力把一个个花骨朵儿绽开。

那一年的夏天，我们住在住宅区前面的筒子楼，靠近篮球场。夏天里，市里各个单位的篮球队比赛，真是分外热闹。爸爸所在的单位代表队，不负众望，充分发挥了主场优势，他们由初赛打到复赛，由复赛打到决赛，最后拿了第一名。第一名的奖品是一块茉莉花香的香皂。

中午盛开的花儿是指甲花、栀子花、茉莉花和白兰花。在路的两边整齐地排列着指甲花，有大红色的、桃红色的、粉红色的、橙红色的，小心地采摘一些花朵，带回家后，把花瓣碾碎溢出汁水，晚上临睡觉的时候，小心地敷在十个手指甲上，再用布或荷叶包裹，第二天早上，十个指甲就染好了，真是"十指纤纤玉笋红，雁行轻遏翠弦中"。那些白色的小花最为典雅，在阳光下散发幽幽的香气。花儿也需小心护理，仔细避开太阳的直射，维护较长的花期。大嫂姑娘们把花儿带在身边，或是头上别着两朵栀子花，或是丝绢里一捧茉莉花，或是在衣襟上别着两朵白兰花。

这就是娟子姐姐所说的淑女风范吧，那个夏天娟子姐姐嫁人啦。她的哥哥背着她，穿过住宅区的水泥路，娟子姐姐穿着婚纱，一路经过住宅区，两脚没有落地，据说这样可以给娘家带来好运。娟子姐姐最后坐上了新郎来接她的小汽车，和瘦高的新郎一起去了外地。多年后，我在城市的街角或地铁口，也会看到久违的那些星星点点白色雅致的花儿。

晚上盛开的花儿是洗澡花、金银花和昙花。傍晚微风拂过，洗澡花和金银花随风摇曳，花香随着花蕊的抖动飘出来。夜幕降临，洗澡花也卸下了精神抖擞的面貌，进入休整状态。夜里，需得仔细观察，可能前后几分钟，昙花就走完了它的高光时刻，采摘下那满怀白色绸缎般的昙花。将昙花和金银花晒干后，分别贮藏起来，在需要的时候，可以冲泡一杯花茶，有一定的止咳、清热等功效。

那个夏天的印象留在了记忆里，在院子的丛丛金银花旁，摆放着爸爸篮球队的奖品，带着茉莉花香的白色香皂。散步前，学着娟子姐的样子，像个淑女一样，在脖子、手臂上抹上花露水和祛痱粉。手持一把蒲扇，和小伙伴相约去小池塘边看荷花，真是"接天莲叶无穷碧，映日荷花别样红"。

花香四溢的夏日，永久地留在了记忆中。夏季过后，太阳花、指甲花和洗澡花的种子就结在干枯的枝上，小心拨开取出干爽的种子，来年撒在土壤里，花香就这样一年年延续了下来。

生活中的小乐趣

可能生活中从来不缺少乐趣，缺少的是发现乐趣的眼睛。在生活之中发现乐趣，滋养我们的心灵，给周围的人们带来欢声笑语。

乐趣可以是简单的童言稚语。女儿对我说：妈妈，你知道头发里面是什么吗？我答得都不对，女儿说：头发里面是光头。还有一次，女儿在观察养的绿豆芽时，高兴地说：我的绿豆发芽啦，一、二、三、四，我的绿豆有四个发芽了。女儿对我说：我的绿豆芽已经凑齐了一个炸弹了。原来女儿打扑克牌时，知道四个一样的就是炸弹，于是就有了绿豆芽炸弹一说。

乐趣可以是人与人之间的心有灵犀。我每天早上都在小区门口的早点铺买早点，时间长了，店家就知道了我的标配。早上只要走到店铺，只见店家动作麻利，话语不多，按序售货。我在台子上放上钱，他就会把我的早餐拿过来，默契不过如此。工作日的早上，来到地铁站，同一时间同一地点，会遇见一位男士，矮胖的身材踏着小碎步。只见他急急忙忙地进入地铁，在空位上坐下，等他怀孕的老婆上地铁后，他就把位子让给他老婆。时间长了，地铁上的人都知道了，在这一站，总会有人给孕妇留一个座位，他也会忙不迭地说谢谢，一声谢谢，开启快乐的一天工作。

乐趣可以是周末晚上的家庭聚会。每个周六的晚上，都是我们期待的夜晚。白天从采购到烹饪到摆盘，做出一道道色香味俱全的家常菜晚饭，自己的厨艺得到提高，也是增添了不少生活的乐趣。做几样小菜，买点饮料、零食，开个家庭派对，一家老小在一起不会孤单。晚饭后，女儿可以看她的象棋比赛。我可以看自己喜欢的纪录片，还有个主播每周六更新，记录他在全国各地旅行的趣事，都是值得期待的乐事。

乐趣可以培养自己的爱好——绘画和写作。晚饭后，辅导孩子学习功课，等全家都洗漱完毕上床睡觉了。我坐在沙发上，在手机或电脑上编撰文章，这个时候四周安静，感觉文思如泉涌。把日常攒下来的构思与语句，随手形成文字记录下来。绘画也是如此，有一群志同道合的朋友，大家在微信群里共同成长，或讨论绘画问题，或互相展示作品，一年下来也是收获满满，这些都是我快乐的源泉。

生活不可能一直一帆风顺、一直开心快乐。我们要学会自我调节，收集一路上的点滴乐趣。"忧郁的日子里需要镇静：相信吧，快乐的日子将会来临！"

悄悄话

　　悄悄话只能在两三个人之间说，如果听的人多了，就不是悄悄话了。

　　刚上初中的时候，我们七八个女同学，喜欢讨论学校里的新鲜事。哪个老师课上得怎么样，哪个男生今天说了什么好笑的话，哪个男生做了什么见义勇为的事情。因为悄悄话说的人数比较多，时间长了，悄悄话就成了大家都知道的事情。

　　悄悄话可以拉近两个人的关系。当我们离开家到外地读书的时候，人生地不熟，觉得很是孤单。有一天，我坐在教室后面的位置，同学在上面讲着课题设计。这时有个师姐默默地坐在我的身旁，她看到我愁眉苦脸的样子，便悄悄和我说起话来了。她说她刚过来读研究生的时候也不适应。她说她特别难过的就是，和她男朋友不在一起，现在这个季节，她男朋友所在的南方城市，正是各种水果上市的时节，真想快点儿到节假日，她就可以奔赴她男朋友的城市。她的话语与其说是诉苦，倒不如说给了我不少安慰，有人和你说了悄悄话，你就好像遇到了故交。后来我们真的成了很好的朋友，经常会约着逛街、聚餐和上自习，一起完成学习任务。

　　两个人相处，是不是可以说悄悄话，是衡量两个人关系的试金石。有些话，我不问，你说了，这就是信任。有些人，我问了，你才说，这就是距离。有些时候，我问了，你不说，这就是隔阂。不管两个人是否单独相处，哪怕在人来人往的快餐店，只要是那个人，你就会自动调到悄悄话模式，彼此说着暖心的话语，遇到对的人，你可以毫无顾虑地说出内心的想法，并得到安慰。如果两人气场不对，哪怕两人在单独相处的环境，说的也不过还是场面话。不过是在透露着，对方希望你了解的事情，以及需要你了解的程度。

长大以后，了解到悄悄话的阀门，什么话该说，什么话不该说，什么话和谁说，都有学问在里面。大家常说，这个人什么都好，就是管不住嘴，总喜欢把别人告诉的悄悄话说出去。什么事情，只要这一个人知道，全部人就都知道了。既然这样，那有什么事情是需要说出去的，比如你们家准备搬迁，或者你好事将近，准备结婚了。倒不是说所有人都要参与，只是这样的大事，大家不知情也不好。你把事情告诉那个人，很快所有的人就都知道了，还省得你自己奔走相告。

我们淡淡地笑谈一些关于悄悄话的小故事，也希望你可以有那么几个小圈子，让你畅所欲言。朋友在一起，娓娓诉说着悄悄话，分享彼此的心路历程，相伴成长，也是一种小幸福。

乐读书

　　我曾经看过一幅漫画，有一个人看外面的世界，当他脚下有几本书的时候，他由于高度不够，什么也看不到。当他脚下垫了几十本书时，他看到外面乌云密布，并没有什么景色。当他脚下垫了几百上千本书时，他就达到了足够的高度，这时他穿透层层迷雾，看到阳光和美景。总而言之，一个人读越多的书，越能够感受到生活的真谛，即使遇到困难，也能很好地化解，获得幸福。

　　如今可以看的书类型很多。可以是治愈生活的文学类书籍；可以是增加知识的自然学科类；还可以是关于心理、认知类自我提升的书籍。读万卷书，行万里路，身体和灵魂，总要有一个在路上。在书本中，我们可以看到美景、异域风情，掌握实用的常识，了解人情世故，学会为人处世。

　　如今看书的方式有很多。可以看纸质书，可以看电子书，还可以听有声书。电子书只要有手机等电子产品，就可以随时随地利用碎片时间看书。听书则更加解放双手，也不会产生用眼疲劳。有些人还是习惯传统的读纸质书的方式，纸质书的阅读也比以前便利。根据书名和作者，上网订书，书本直接快递到家。或者到图书馆借阅，我们家附近有一个图书馆，它设计美观大方，总建筑面积几万平方米，有书山、花园、空中栈桥等特色建筑，读书环境真是优美。图书馆里累计纸质资料和电子报刊等几百万册。想要看什么书，自己上网查询图书的索书号，即可以凭借索书号在图书馆中借阅到纸质书。夜幕下，图书馆灯火通明，借书的人行走于高低的书架间，此时可以深刻体会到，凌波微步，总会有所收获。

从小我就爱看书，刚刚学会拼音时，真的觉得打开了新世界，家里面有拼音的书，全部都可以毫不费力地读下来。有的字词，我并不认识，就一个个拼出它上面的拼音，连着读起来，立即就知道了意思。后来这样的阅读多了，认的字也多了起来，基本可以顺畅阅读了。每次打开一本书，时间过得就特别快，一直到天黑下来，才能觉察到时间的流逝。当一个人的精神完全投注在某种活动上时，会有高度的兴奋及充实感，这就是心理学上心流的概念，而我在读书时，体会到了这种快乐。

在一个淅淅沥沥的雨夜，我们在温暖的台灯下，打开一本书，仿佛遇见故人，听其娓娓道来。

手帕时代

　　"丢，丢，丢手绢，轻轻地放在小朋友的身后，大家不要告诉他，快点快点捉住他。"这个游戏的灵魂物品就是手绢，每个小朋友都需要盯紧它。在我小的时候，手帕是每家每户都需要的生活用品。

　　那时候，不管男女老少都会使用手帕，手帕还分为成人用的和小孩用的，也因男女而不同。爸爸们的手帕是一种挺阔的薄棉布，布的颜色多为灰蓝白的暗色，花纹以格子或条纹居多，一般都比较大。现在，男士们把手帕放在西装上面的口袋，露出一角做装饰用。那时候，爸爸们口袋里的手帕，由于比较大，可以在拿东西的时候，做包裹或捆绑用。

　　妈妈们的手帕最精致，有的上面还有香水味道。它的料作多为丝质或棉质的，有的手帕边缘还是波浪形的花边。在我们伤心的时候，妈妈会用手帕帮我们擦干眼泪。早上出门走得急，妈妈会用手帕包着馒头和鸡蛋递了过来。

　　奶奶们的手帕里面，总是藏着好东西，或是一把煮熟的鲜蚕豆，或是又红又大的甜枣，都是难得的美味。爷爷们的手帕藏得最好，那是爷爷的小钱包，买东西的时候掏出来，一层层打开，里面放了一卷理得整整齐齐的现金，购物时取出几张，再用手帕一层层裹好。

　　孩子们的手帕颜色鲜艳，图案可爱。每天上幼儿园前检查一下，把手帕叠成长条状，别在胸前。用手帕做一个小老鼠，悄悄放在桌上，真是惟妙惟肖。玩捉迷藏游戏的时候，用手帕把眼睛蒙起来，其他小朋友立即四散寻找隐藏地点。

有一年，爸妈在家买了好多布料，给每个窗户都换了新窗帘，布料剩下的边角料扔了太可惜，妈妈就用缝纫机把它们制成了一个个手帕，有的手帕上是鸟，有的是花，有的是葡萄，每个手帕都很精彩。把一个个手帕送给亲朋好友，大家都很喜欢。

小手帕荡悠悠，它是属于我们那个年代的生活小故事。如今已不太看到人们使用手帕，一个时代结束了。大家会用一次性餐巾纸代替，虽然使用更加方便，但也带来了不少垃圾，即使是可回收垃圾，也要节约使用。现在也可以自己保留几个经典的手帕，在需要的时候拿出来使用，既别致又复古，还是一种低碳环保的小物件。

贮藏快乐

小时候，每天晚上睡前妈妈都会给我讲故事，其中最吸引我的一个，是关于兄弟俩贮藏锅巴的故事。

有兄弟二人，老大老二住邻居。两人每天上山砍柴，到集市上卖了换钱，然后买米回家做饭。两人各自在家煮米做饭，只是老大每天一杯米，做成饭当天吃完，老二每天煮饭后，把下面的锅巴取出晒干贮藏起来，就这样老二贮藏了几大罐的锅巴。后来，连续数日雨天，老大老二都没办法砍柴换米了。老大家里已经几天没饭吃了，他便去敲老二家的门。

进了老二家，一看老二家炉火烧旺，正在做午饭，老大已经饿得发晕了，老二指着贮藏的几罐锅巴，你看这就是我的方法，老大借了老二家锅巴回家吃。等雨停了，又可以上山砍柴了，从此以后老大也学习老二的方法，过上了开心的日子。其实快乐也像锅巴一样，不可能每天都能砍柴换米做饭而拥有，那么就请在拥有的时候，多多珍惜，贮藏快乐，不要一次全部挥霍。待需要的时候，取出贮藏的快乐，保持健康快乐的生活状态。

有的时候，一天可以收获很多的快乐，比如一个很难缠的客户，终于接受了你们的方案，大家的辛苦都没有白费，还能为公司赢得很好的效益。回家以后，孩子自主完成了作业，还得到了老师的"优"。朋友寄来几张博物馆参观券，全家可以周末出行参观。此时真是："心旷神怡，宠辱偕忘，把酒临风。"这时重要的事情是，小心贮藏这一份份快乐，有他人对你的肯定，信心更加坚定；有家人对你的支持，生活更加幸福；有朋友对你的关心，也想把这份关心分享给他人。

快乐也可以像故事中的锅巴一样贮藏，人生起起伏伏，也有"忧谗畏讥，满目萧然，感极而悲者矣"。这时我们不一定有很大的气魄，"不以物喜，不以己悲"。但我们可以贮藏快乐，像把金钱存储在银行一样，以备不时之需。

快乐如何储存，如何提取呢？可以超额完成业务，把超额的部分在心里打个折扣，下次遇到不讲道理、无法沟通的客户，可以在心里把损失填补。今天客户对我们的肯定，总结经验，明天即使在客户那里受了委屈，也会因为曾经贮藏的快乐，不会打击到我们的信心。孩子在学校里成绩下降的时候，也不必失望，多看到孩子的闪光点，多鼓励孩子继续努力加油。收到朋友的参观券，也给朋友们赠送小礼物，可以是一句关心的话语，也可以是自己亲手做的小点心，礼尚往来快乐就会源源不断。

快乐的时候，藏在心里偷偷乐，悲伤难过的时候，把心底藏的快乐一点点取出，品尝那经过时间沉淀的甜味，日子也会一天天悠悠而过，勇敢面对生活每一天。

疫情下的缘分

生活在上海，三月中旬，陆陆续续有亲朋好友、同事根据社区要求，居家隔离，封闭核酸检测，还在继续正常上班的人们，互相笑称自己是决赛圈的人员。

在上下班的路上，我会经过旁边两个封闭小区，他们是只进不出，日常生活用品都只能靠外面送进去。下午孩子的家长群里，有家长聊起他们小区最近封闭，买菜越来越难的问题。下班后，我直奔菜场，各样新鲜蔬菜都采购几套，给家长群里几户缺菜的人家送到小区门口，这个也算是我们互助、抱团取暖的一种方式吧。

三月十六日，我们小区发出告知，开始封闭核酸检测。清晨，按照楼道顺序依次进行，我和家人走在小区里，去做核酸。昨夜下了一场雨，小区里的香樟树发出了新芽，老树叶落了下来，铺满了湿漉漉的地面，第一次注意到香樟树是在春季落叶的。有个大白，装备齐全，脚上熟练地蹬着一个平衡车，来来回回帮忙推坐轮椅的老人家，路人纷纷为其让路点赞。

三月底，浦东全面核酸检测，符合条件的上班族，在没有居家办公的日子里，纷纷踊跃报名做了社区志愿者。有个姑娘连续在社区做大白志愿者，核酸检测的日子，扫二维码辅助医生工作，平时帮助封闭楼道业主拿取生活物资，一天下来着实辛苦。大家交流最多的地方就是小区业主群，群里面大家关心地问志愿者小姑娘，家里面缺啥，吃的喝的都够哇，小姑娘说啥也不缺，要是有个男朋友就更好了。居民纷纷表示要在疫情防控期间给小姑娘把这个问题解决了。

这时候，志愿者小姑娘说忙了一天，赶快回家消毒换衣服喝水，穿了大白的衣服，水也不敢喝。有居民连忙说，自家还有好几个大西瓜，给小姑娘送个西瓜过去。小姑娘说一个太多了，她一个人吃不了。大家集思广益，让小姑娘把另外半个西瓜分出去，条件是未婚男士且也是志愿者。这样人美心善的志愿者姑娘，大家当然喜欢，不一会儿，另一半西瓜就被志愿者小伙领走了。想想这两位还是很般配的，互相加个微信，网上一起云吃西瓜，也算一种缘分。

自疫情以来，上海的人们总是用一种特有的海派幽默各种调侃。比如，有的人在忙碌地买菜、核酸中，还要抽空去买一杯咖啡；比如，珍惜每一份绿叶菜，笑称它们为奢侈品；比如，面对各省市医疗支援人员，大家就在朋友圈表示，洗个头敷个面膜，穿好看一点，上海人的精致不能丢。大家的心里面对政府和国家有信心，也总是做出一些轻松的姿态，请兄弟姐妹省市放心，上海必将赢得胜利，像其他有疫情的省市一样，攻克难关，赢得全国疫情防控大局的胜利。

悠悠山乡情

　　姐姐考上大学以后，父母是又喜又忧，喜的是我们家祖祖辈辈的农民，终于有人走出农村，走进城市，可以通过自己的努力改变生活，忧的是姐姐的学费和生活费。爸爸是个木匠，县城里修古城正需要这样的手艺，妈妈也跟了过去，做点杂活，帮爸爸煮饭。家里所有的事情都落在我的身上，虽然我成绩也不错，但中学读完就回家了。我也去城市里打过工，当时做的是送外卖的工作，我是每天早起晚归，样样事都做得很细致，可以自己动手丰衣足食。但是城市里面需要支付住宿餐饮费用，还是挺想念家里的。

　　由于家里没有人打理，田就要荒了，我是喜欢在家专心侍弄农活。爸妈常说别看我是男孩，在我们村属于会持家过日子的，那些阿婆和叔伯都夸我能干。这倒是真的，我从小除了学习还非常熟悉农活，养猪、做饭、种菜这些也毫不含糊，最终我选择回到那个山水之间的家。

　　一天天一季季扑在家乡的土地上，土地自然会给你回报和惊喜。我第一次做生意就是卖米粑粑，我们家乡的土地长出的粮食尤其美味营养。将家里收获的糯米、粳米按比例混合，在石磨的研磨下磨成粉状，加入酵母和水发酵几小时，在开水中蒸熟后，捏成圆球形，分散放在木板上，上面再用木板压实，一个个米粑粑就做成了。

　　等晾干后，放入背篓中，早上天不亮，就拿到集市去卖。我在集市上找到村里熟人，在他们的蔬菜摊位旁，兜售我的米粑粑，米粑粑特别受欢迎，早上八点半左右七十多斤的米粑粑就全部卖完，我也小赚了一笔。后来我就定期去集市兜售米粑粑、米粉等，都是一些老主顾，只要我卖，他们都会带一份回去，还会推荐给亲朋好友，每周的集市兜售成了我的固定收入。

村里统一在池塘养鱼，家家户户养猪。鱼长大了，放水捕鱼，制作熏鱼。年底杀猪的时候制作成腊肉，可以和家人过上一个红火的肥年。满山遍野都是自然的馈赠，草下面有钻出的野蘑菇。满山栗子树，因为长得高，村里年轻人多在外求学工作，栗子成熟了也无人问津，我们统一采摘。小河里有小鱼儿和螃蟹，在鲜肥的时候，把小石头翻起，不一会儿，就可以装一背篓。田边还有家里鸭子下的蛋，捡回家也可以饱餐一顿。

那年比较干旱，我和晓军、东东张罗着给村里的葡萄灌溉，我们村很多人家种了葡萄，还有不少人家和我们一样引进了新的葡萄品种，那年葡萄长势喜人，雨水不多，葡萄特别甜，眼看还有一个月就要成熟，正是需要大量用水的时候。最后，村里决定把鱼塘里的水抽一半用来浇灌。

大家一部分人在鱼塘里面拉网捕鱼，把鱼作为福利分给每户，一部分人看着抽水，每家每户轮流灌溉。这个我们的大学生晓军已经算过了，保证用水量和每家每户的公平。有一些两斤不到的小鱼拉网打上来后，又继续放回池塘里，太小了有点浪费。我帮着大家记账，不多不少每户一条六七斤的大鱼、一条四五斤的小鱼。听着葡萄园里咕噜咕噜的水声，知道葡萄丰收在望了，葡萄枝也根根抖擞，葡萄也仿佛喝饱了水，越发晶莹剔透。

终于葡萄成熟的时候到了，完全没有以前的舟车劳顿。东东一周前联系好了市场那边的收货商，清晨预订卖的几户人家，六点不到来到田间进行采摘，一串串葡萄整齐地码在收货商的箱子里。九点多，市场的收货商的大货车准时来到葡萄园旁，一箱箱葡萄装车结账。村里人嘻嘻哈哈好不开心，从建大棚到选苗到剪枝到浇灌，大家都是辛苦地劳作。当场货款结清，少的人家几千元，多的人家几万元，真是收获满满。市场收货商也乐得轻松，一个上午的时间，葡萄就可以从田间来到各大超市的货架上，被需要的人们买回家品尝。一串串葡萄，"露珠凝作骨，云粉渍为衣"，真是自然的馈赠。

夏天的时候，村里还是比较凉爽的，不过也有蚊虫，我刚学会了一招，自制花露水。看看网络上说的那些个做法和我平时制作泡菜也差不多。山前屋后都有金银花，将花朵采摘下来，菜园里留一片地种满了薄荷，将金银花和薄荷叶清洗后，放入大的瓶罐中，加入酒精，将瓶盖盖上，以酒精封口。接下来就看时间赋予神奇，半个月后打开瓶盖，金银花与薄荷叶已经蔫成团状，里面的液体变成墨绿色，再闻味道也和买的花露水一样。将液体取出，放入可喷洒的小罐中，就这样我一共装了十几罐。给爸爸、姐姐各寄去两罐，村里的亲朋好友也都送了一点。东东说要把花露水送给他女朋友，我又给他拿了两盘表姐送我的自制蚊香，让他带给他女朋友，试一试我们山乡的绿色健康无污染产品。

表姐做蚊香那天，我还过去给她帮忙，我表姐有50多岁，非常勤劳能干。在村子里称呼都是按辈分叫的，和我同辈分的都是五六十岁的人了，比我小个几岁的，一般都叫我表叔了，还有叫我小爷爷的。表姐岁数大了，她们家果树成熟的时候，我会过去帮忙采摘。那天我去表姐家，她让我帮忙把土灶里烧了的木炭碾碎，磨成粉末。只见她到菜园里摘下不少艾草，这就是做蚊香的原料，把艾草切碎，加入炭灰和面粉，就像揉面一样揉成条状，再盘起来，夏日的太阳下，晾晒一个下午就好了。表姐说几十年前，村里家家户户都是这样做蚊香的。

闲暇时，我学会了一些贮藏食物转化美味的方法，等待家人回来一起分享。葡萄丰收的季节制作葡萄酒，野生刺梨成熟的时候，制作刺梨酒。这样难得的夏日休闲，晓军提议我们一起去镇上逛一逛，听说那边的古镇商业街也都建好了，很是热闹。

一早，我们三个早早去理发，换洗一新，吃了一点米粥，就跟着晓军去古镇。刚进古镇，就被高大的古城楼吸引，城楼两侧是绵延几里的古城墙。走进古城楼，抬头在灯光下，看见顶部精美的木雕花纹，我走过去摸着木头的柱子。之前我爸爸就在古城建设这边做木匠，这里面也有他的心血和汗水吧。

街上不少店铺关门了，路上行人零零散散，古镇有一种别样的静谧之美。老街、小桥、游船和古城墙在灯光下，显得更加的神秘。我们三个慢慢悠悠地在古镇欣赏美景，品尝美味。小吃有很多，糕点、臭豆腐、凉粉和粽子等，还有一些手工艺品，还有丝绸、香膏、饰品和日用品。我给我姐姐买了个丝绸的头饰，东东给他女朋友也买了一个。

到了河边，我们坐上游船，河上空气清新，从游船出来，我们去古镇买点小吃。我们点了油粑粑、酸辣牛肉粉、豆浆和米豆腐，吃得浑身热乎。

夜色下的古镇，我们也游览过了。我们骑车回家去，路灯把回家的路照亮。现在我们家里里外外收拾得整洁干净，菜园里各类物种依次成熟，猪、鸡、鸭、鱼都喂得饱饱的，长得肥肥的。厨房里贮藏着大大小小的瓶瓶罐罐，里面有我腌制的萝卜、辣椒，还有好几坛自家酿的果酒。等今年丰收以后，我还要和他们去更远的地方旅游，开阔眼界见世面。来年可以帮着村里规划一下种植及销售方案，给村里的乡亲带来更好的收入。晚风吹得很是凉爽，我有点怀恋自家温暖的小屋，金窝银窝也不如自己的小窝啊。

我在小院的阳光下，等待着家人在周末节假日的时候回家。细算着一年的收入，并不比出门打工少。也欢迎更多的朋友来我们村里赏美景，品美味，过一过惬意的山乡生活。

钝感力

在日常工作和生活中，我们需要具备智商和情商，通常人们说的双商在线，指的就是这两种，它们是衡量智力水平和情感智力水平的标准。除此以外，还有财商、逆商等。今天讲的钝感力有点像逆商，逆商是指我们面对挫折、摆脱困境和处理困难的能力。钝感力可以理解为迟钝的力量，听上去好像不是什么好事。其实，它是指从容面对生活中的挫折，以积极进取的态度，从而获得美好生活。

钝感力对于刚刚步入社会的年轻人尤为重要，年轻人走上工作岗位，对于工作还是陌生的。这时会有前辈过来指引，但前辈也不可能把自己知道的全部教会给你，在工作中难免犯错，会被前辈同事批评。这时就需要钝感力，不要过分惧怕错误，这样才能进步得更快，他人指出你的错误所在，需要坦然面对，有则改之，无则加勉。

在工作中，钝感力对于当事人，就好像有了一个保护罩，在接受批评和意见时，不会打击到自信心，不断给自己充电打气，面对挫折也能勇往直前。钝感力对于他人，就好像一个交流的润滑剂，别人在输出不满的时候，看到你坦然地接受，也会更愿意将问题的所在以及解决问题的办法说出来。

我们的神经不要太敏感，这样才更容易幸福。太过敏感的话，对于外界的信息，人就会疲于应对，形成内耗。自己年轻的时候，也有受了委屈的时候，这时候便向朋友吐槽，朋友是位智者，她和我说了一句话，我顿时豁然开朗。她说，风不会因为墙的阻挡而停下脚步，一直勇敢向前，你会遇到属于自己的阳光、雨露和彩虹。

在家庭生活里，钝感力也是个好东西。本来生活就是油盐酱醋茶，一地鸡毛的琐碎事情，更何况清官难断家务事。在家务事中，家人们之间互相多一点包容和理解，少一点负面的情绪，这样可以处出很好的亲子关系、夫妻关系、婆媳关系等。

钝感力形成的底气还是自信，哪怕遇到批评也要有自我认可的能力，任何环境中，都要处变不惊，接纳自己的态度。感谢给你意见的朋友、师长和家人，应常怀敬畏和感恩之心，不迷失自我，不断提升能力，走着走着，花就开了。

图书馆和我

小时候，如果可以去图书馆借书和看书，就感觉自己长大了很多。那时候，图书馆在爸爸单位的办公楼二楼，门口写着"职工之家"四个字，内设两排屋，里面一排屋是各类藏书，外面一排分成几大间，最里面一间是阅览室。阅览室和藏书屋由一个精神奕奕的老爷爷管理。小孩们去看书借书都是拿家长的借书证，一般第一次由家长带过去借书看书，图书管理员对情况熟知了，后面小孩就可以自己拿着大人的借书证去借书看书。

那时候在爸爸的推荐下，我借了一批科普读物和小说回家看。记得有《奥秘》《红旗谱》《小二黑结婚》，等等。暑假期间，利用午睡时间，借来的书籍看得特别快。那一段时间完全沉浸在小说的世界里，连小伙伴的玩耍也不能吸引我，想着赶快读完，再去把图书馆好看的小说借回家。真是："好读书，不求甚解；每有会意，便欣然忘食。"

第二次长时间地泡图书馆，是在我大学毕业参加工作以后。那时候，我在律所当助理，工作之余，还报考了司法考试。于是时间就变得尤为宝贵，每个时段都精准规划好任务。下班后和周末，我就到单位附近高校里的图书馆进行学习。这个图书馆学习氛围非常好，里面安静、宽敞而明亮，室内保持恒温，不受气候的影响。为了节省时间，我一般是下班后就在单位食堂吃个简单的晚餐，饭后步行至图书馆的阅览室，找个位置坐下，按照计划学习各门功课。如果在图书馆遇到熟人，他们有的是在校生，有的和我一样是上班族。我可以和他们一起借阅藏书，搜寻电子材料，还能在大厅讨论一下法律问题。在图书馆里看书，几个小时的学习时间很快就过去了，收拾书本出门坐上公交车回家去，回家有三站路，正好在摇晃的车厢里，在脑中飞速整理今天学习的法条和案例要点。

周末是泡图书馆的好时机。早上起来，我把房间打扫干净，就去附近的菜市场，采购橘子香蕉之类的方便剥皮水果，再买上几个大饼，菜市场里可选择的很多，牛肉饼、老婆饼都是我喜欢吃的，再配上一大壶茶水，随后我就带着干粮、背着书包去图书馆了。我能在图书馆从早上九点一直坐到晚上七点，中午是不去餐厅吃午饭的，一是出去吃午饭，赶上饭点，排队什么的比较耽误时间；二是吃了午饭后，人就容易犯困，浪费了大好的图书馆学习时间。在图书馆宽大的落地玻璃窗旁，阳光洒进来，喝一口茶，慢慢品读书本，真是人生一大享受。正所谓："读书之乐乐陶陶。"读累了，就拿着干粮和水壶去图书馆里面的茶水间，续点热水，吃点水果，再用微波炉加热一下大饼，这样一天下来，不会觉得饿，学习效率也很高。

多年过去，最近我们家人又可以经常去图书馆了。经过挑挑选选，我们的新家附近就有一个图书馆，与图书馆为邻。家里的男女老少都爱这个图书馆，工作日的时候，大人去上班，小孩去上学，老人可以去图书馆的影像厅，看一部推荐的经典电影，看完直接去 B1 层，那里有各种实惠的餐饮熟食，轻松解决午餐。周末，我带女儿去图书馆做作业、看书，每月都有各种主题的书展、绘画展和讲座，丰富了孩子的知识，拓宽了孩子的视野。孩子们喜欢的各类经典著作原版，在图书馆基本都能查询到，孩子坐在阅览室，读起来不亦乐乎。我们用事实告诉孩子："鸟欲高飞先振翅，人欲上进先读书。"

人到中年，必须读书的任务也越来越少，但还是喜欢在家门口图书馆的落地玻璃窗边，读一本好书。仿佛回到了青少年，重温图书馆读书的感觉，也感谢那些自己在图书馆奋斗过的岁月。在家的时间，静下心来读一本书并非易事，难免被各种琐碎打断。索性把书带到图书馆，给自己放一会儿假，在这里只有阅读和放飞的思绪。

等待的意义

女儿在下国际象棋的时候，经常会说一个专业术语"一步等着"。等着是什么意思呢，了解下来，往往在双方局面相持不下之时，一方走出闲庭信步的一着，看似平淡无奇，往往后面局势就豁然开朗了。

细想人生也是如此，越是急的时候，越要慢下来。世上的事千千万，我们需要有肚量去容忍那些不能改变的事情，有勇气去改变那些可以改变的事情，有耐心去完成那些看似没有希望的事情，当然还要有智慧区分这些事情。大部分时候，事情都不是立即可以完成的，需要一步步处理、一点点等待。

在等待的时候，我们可以去读读书，与人聊聊天，出门去旅游，或者直接换一个生活的环境。然后，回头再看那些被搁置的问题，有些已经不成为问题了。国际象棋的等着是怎么来的呢？往往都是在需要抢占关键格的时候出现。关键格就是棋局中的关键位置，可攻可守，进退自如，如果早了条件不成熟，进入关键格，会被对方棋子攻击，不得不离开关键格。这时候最好的办法，就是在关键格附近走一步等着，等对方出子以后，我方兵见机行事，保住关键格。

同样道理，人生到了紧要的时候，需要达成关键性的目标。这个时候可能条件还不够，时机还没有成熟，那只有等待。正所谓："等待春风晴得稳。琵琶重整顿。"比如企业在合同谈判时，一直被对方压制价格。何不趁机大力进行产品升级，引进新的流水线，狠抓产品质量？在市场经济条件下，产品质量好，自然不愁没有客户。

　　父母们一起聊天的时候，发现一般在第一个孩子的时候，花费了很多时间精力，送孩子参加各种学习，希望赢在起跑线上，往往教育出来的效果并不明显。到了二胎的时候，懂得了静待花开的意义，结果因为等待，反而二胎教育出来的效果更好。父母在对待二胎的时候，更加佛系了，在等待中，把握住了孩子的表达敏感期、认字敏感期，因势利导进行教育，而不是强迫孩子学习，自然会有好的效果。

　　人生其实就是一个不断等待的过程，在等待中明确选择，厚积而薄发，从而把握属于自己的时机。

城市的天空

忙忙碌碌的日子一天天过去，每天奔赴工作岗位，无论阴晴风雨，无论冷暖干湿，这是一个城市的工作、生活节奏，很少有人会抬头看看那寂寥的天空。

城市的天空像孩子的脸一样表情丰富，瞬息之间变幻万千。即使是单一的蓝天白云，也会组合成亿万的可能，有的时候是蔚蓝配着透亮的白，有的时候是深蓝配着朦胧的磨砂白，还有的时候是蓝白镶嵌，无边无际。

大多数时候，我们习惯了低头走路、看手机。我们在交通工具里，甚至我们乘坐的交通工具还是在地下，根本谈不上看到天空。即使我们走了出来，走在路上行色匆匆，脸上没有太多的表情。偶然发现街角有一个小孩，他抬头看着天空，脸上露出了笑容。

也许我们可以看看城市上方那被遗忘的天空，接触到一点大自然的气息。从楼房的窗户远眺天空，是一个不错的选择。周末天气不错，去附近的公园转转，天空笼罩着温柔气氛，一团团蓬松的白云，飘在碧蓝的天空想心事。

工作日从自己小小的工作间走出来，整理一下工作的思路，来到茶水间，续一杯咖啡，吃个小点心补充能量。在高层办公区域的窗边，平视窗外，比江水还要广阔的天空，就这样猝不及防地映入眼帘。阴天里，灰蓝的天空，映着黄边的白云，好似江水飞上了天，体会"西江之水上天流，黄鹄杳杳江悠悠"的意境。捧着咖啡回到工位，重新整理一下思路，继续一天的工作。

教室里，孩子们正在写一篇作文，一位小姑娘的作文已经完成。她托着下巴看向窗外，天空上有两个小鸟在白云中穿行。一会儿小鸟好像在羊背上，天空上散落着一群群牛羊；一会儿小鸟好像在波浪上飞翔，天空上波涛汹涌，鱼儿在浪花中跳跃。丁零零下课的铃声响了起来，学生们纷纷起身交作文，教室里热闹起来，天空似乎安静下来。

夜晚，走出办公大楼，扑面而来的冷风让人清新舒适。我抬头看天空，晚上八九点的天空是幽蓝色的，这样的景象给人惊喜，天空不曾因为黑夜的到来而暗淡。在高楼的顶部，灯光映照着天空呈现五颜六色的光彩。走进旁边的便利店，点一份热乎乎的关东煮，坐在靠窗户的位置，一边吃一边看着远处的天空，星星在夜幕中忽隐忽现，天空也更加地高远和明亮。

城市的天空，是孩子们想象的画布，是成年人放松的田野，只要你愿意抬头看。你有多久没有抬头看看那片清澈的天空了？

班主任"李妈妈"

新年同学聚会，大家许久未见，既陌生又熟悉，聚会中大家不约而同脱口而出那个熟悉的名字——李妈妈。

回想起刚进中学时，班上同学们都开始认真学习，一方面因为中学学习，是一个新阶段的开始；另一方面新的学校，遇到的都是新老师新同学，大家希望互相之间留下个好印象。最重要的原因还是，听说我们班主任李老师，是出了名的严厉，大家都很谨慎，不敢造次。

班主任李老师四十多岁，她的儿子建桥和我们是同一届的。她圆圆的脸，短短的头发，戴一副眼镜，笑起来还有两个酒窝。开学第一天，李老师开班会时，讲了一些关于学习和纪律的事宜，然后还表扬了我，说具体点是表扬了我的发型，号召女同学都和我一样剪一个便利的发型。后来才知道，原来我们班有几个女同学喜欢梳妆打扮，浪费了很多时间，老师引导大家多注重学习，我们班的学习风气一直很好。相处下来，李老师一直管得特别细致，大家私底下都叫她李妈妈。

李妈妈不但管我们几点睡觉，还会向一些家长传授经验，让他们晚上准备好夜宵，说是孩子们晚上学习很辛苦，最好在八点左右加餐，喝点牛奶吃点饼干，保证营养。家长纷纷按照老师的建议准备夜宵，李妈妈就是这样关心我们的衣食住行。有一次冬天上学快迟到了，我快步走到班级门口，李老师正好在门口。她拦住了我，问我冷不冷，我说有一点。李老师说，我会告诉你的妈妈，这么冷的天，让她给你织个帽子和围巾。托李妈妈的福，晚上有热牛奶喝饼干吃，冬天有新围巾帽子戴。

李妈妈最厉害的一招是对班级的动向了如指掌，有的时候连其他老师课上，哪个同学开小差没有听课都知道，像有千里眼、顺风耳一样。有一段时间，我们班有几个男生放学不回家，在游戏厅里打游戏，李妈妈放学后骑上自行车到各个游戏厅去抓人。一天上自习课时，李妈妈把志勇叫到外面一顿批评，志勇的爸爸是学校的物理老师，即便如此李妈妈对他也没有放松要求。听说李妈妈列举了志勇最近各门功课的下降情况，并精准说出他这周以来，都在什么时间去了哪家游戏厅。志勇被批评得没了脾气，过了半晌，对李妈妈说了句昨天我在游戏厅看到老师您的儿子建桥了。李妈妈说，晚上我就回去管我儿子，也要把你的事情交给你爸爸管，要不这样下去不是个事。

后来，李妈妈果然去办公室找到志勇的爸爸，让他抽时间管管自己的儿子，这么好的苗子，最近成绩下降得厉害，还跑去游戏厅打游戏。志勇爸爸听后接连点头，李老师接着又说，游戏厅不是什么好地方，误人子弟，回家后我也要好好管管建桥。其实她的儿子是经过游戏厅的时候多看了两眼，可谁让他是李老师的儿子，盯着他的眼睛可多了。再后来，游戏厅直接不让我们班的孩子玩游戏机，他们也担心李妈妈找上门。

毕业的时候，我们考得都还不错，大家各自分散奔赴前程。但每年寒假，我们都会去李妈妈家拜年。我们长大后走上工作岗位，新年里一帮同学总喜欢去李妈妈家里聚聚，聊聊一年的喜怒哀乐。李妈妈虽然退休了，却也没闲着，又开始张罗做起了媒婆，给学生们介绍对象，她就是放不下我们这群学生。

一张贺卡

　　节假日在家闲来无事，我开始整理书架。在书架的上方有一本相册，有二三十年的历史，取下来小心擦拭相册外的灰尘，发现相册里面夹了一张贺卡。那是一张翠绿的卡片，上面是一幅朦朦胧胧的雨后春景，现在看来，那画面还是正好长在我的审美点上。

　　细看卡片，娟秀而整齐的钢笔字映入眼帘，尘封的记忆也被打开。这张卡片是高一的时候，闺密琳给我邮寄的贺卡。从前，日色变得慢，邮件也很慢，在信纸、贺卡上一笔一画写下语句，传递真挚的感情。琳与我是小学、初中同班同学，她长得和她的字一样娟秀。

　　不知当时她是怎么挑选到这样一张优美的卡片，她很有艺术细胞，一直是班级的文艺委员，唱歌、跳舞和主持都信手拈来。初三的时候，地方传统戏剧艺校来选拔苗子，经过试唱、走台，一轮轮筛选，最后选中了她。她的父母觉得她成绩一般，可能学习传统戏剧是一个不错的出路。初三刚一毕业，她就去学习了，那是我人生中，第一次清楚地体会到朋友之间的离别。当时也有同学去上不同的高中，但总归是在同一个城市，而她不一样，她去的地方离我们有几百里的距离，并且似乎也能模模糊糊看到未来的路，不像我们还是在象牙塔里读书。

　　琳去学习传统戏剧以后，说是工作有了保障。临走前，她家里人请亲朋好友吃了顿饭，琳让我和班主任一起过去吃饭，我去百货大楼挑选了一份礼物送给她，是一个笔记本和钢笔。在饭桌上恍如隔世地看着她和家人一桌桌致谢，那一刻感觉心里空落落的，人生就是如此，天下没有不散的宴席。没过几天，她就离开了。同学们纷纷询问我，她离别时的情景，以及有没有什么话语传递，我也只是敷衍搪塞。那时的我们都很惆怅，琳感慨前路无知己，预祝我们在学业上走得更远，我们为她被选中学习戏剧感到高兴，也羡慕她小小年纪即可离家独立。

几个月后，我收到这张她从几百里外邮寄的贺卡，她在贺卡上写了几段话语："我学习戏剧有几个月了，而你也进入了高中阶段学习，你现在学习任务重不重？我们的课程安排挺紧的。……不知道你现在过得好不好，有时间给我回封信。祝好！"当时这张卡片，放在家里书桌抽屉，每每想起，就拿出来翻看，里面有提到我们初中的趣事和畅想，也有提到她现在的生活，隐隐感觉到她的孤独。我又何尝不是，在高中的教室，呆呆看着外面的草地，愣神想着我们在一起时的欢声笑语，可能这就是成长必经的阶段吧。

后来，有一次遇到了以前的初中同学，这个同学考入了艺术类大学，他和我们说，琳在他们学校任艺术类教导员，好几次校级的联欢会，都是她主持的。琳就是这样耀眼，走到哪都是 C 位。几年后，她回家工作了，她的家人希望她工作离家近一点。

她回家乡的时候，我却离开家乡在外谋生，我们几乎都没有了相互的联络。不过，家乡本来就是个小地方，七大姑八大姨，互相之间总能听到彼此的消息。长大的我们纷纷成家立业，结婚生子，人生也是有风有雨，在翻看到尘封的卡片时，记起在人生的旅途中，我们曾经彼此信任、彼此扶持地走过那一段青春岁月。回忆浮现在脑海中，唯愿现世安稳，岁月静好。

元宵节也疯狂

元宵节是家人团圆的节日,夜幕下到处张灯结彩、喜气洋洋,从古至今,这一天都有哪些意想不到的疯狂习俗呢?让我们来一起聊聊吧。

据说,在宋朝的时候流行这样一种传统,那就是元宵节去拿别人家的灯,有助生养。所以结婚多年而不育的夫妇,在这一天几乎是全家行动,专门拿别人门口的灯笼。偷了刘家的灯,当年就能留住孩子,偷了戴家的灯,当年就能带上孩子,利用谐音,讨个好彩头。有拿了别人家灯笼生养孩子的,来年的元宵节还愿,做好灯笼放在外面,供其他未生育的夫妇来拿取。

在清朝的时候,元宵节流行偷菜,这一天百姓都去偷菜,敢情开心农场的原型是这个啊。而且在这一天偷菜是合法合规的,哪怕田里的菜被偷光了,官府也不管。这个习俗至今在一些地方还有传承,大家都到人家的菜园偷一把青菜,自家的菜园也敞开,供别人来"偷青"。偷回去的菜煮了吃,有祛病驱邪的功效,预示着来年健康平安、丰收喜乐。

元宵节还是情人约会和定情的时节。有诗云:"去年元夜时,花市灯如昼。月上柳梢头,人约黄昏后。"元宵节还可以吃一口香甜可口的元宵,元宵由糯米制成,实心或者由红豆、白糖、芝麻等做馅。食用时煮、煎、蒸、炸皆可,人们把这种食物叫"汤团"或"汤圆",象征全家人团团圆圆、和睦幸福。有诗云:"桂花香馅裹胡桃,江米如珠井水淘。见说马家滴粉好,试灯风里卖元宵。"

元宵节有许多热闹可以看，许多游戏可以做，许多灯谜可以猜。但是不管怎样，孩子上街都要拿好了手中的糖果和灯笼，更重要的是拉紧大人的手别松开，大人需要盯紧跟紧小孩。正月十五元宵节的节目特别多，夜晚的活动都是围绕灯开展的。早些年，家家户户扎花灯，夜晚人们提着灯笼结伴而行。还有猜灯谜，灯谜最早起源于春秋战国时期。谜语悬之于灯，供人猜想与回答，有灯谜的地方，一片欢声笑语。在河边，有放河灯的活动，将荷花形状的灯盏放入水中，荷花灯顺水漂浮，河面星星点点的亮光和倒影融为一体，人们用这种方式表达对逝去亲人的悼念、对活着人们的祝福。

与河灯呼应的是天上的孔明灯，在灯上书写姓名和祈求的心愿，随着红红的焰火、腾腾的热气，鼓动着的孔明灯冉冉升起，美好的愿望会实现吧。最喜庆的是舞狮子，一个狮子需要两个人很好地配合，才能使得狮子既稳健又生动活泼，两个狮子，则既需要狮子本身的协调，同时还需要体现两个狮子之间的互动与嬉戏，欢天喜地地舞狮子，祈求来年风调雨顺、幸福美满。

山歌飘远方

　　我的家乡在崇山峻岭之中，老人说这里的山脉连绵数百里，山南麓的水流入长江，北麓的水流入淮河。山里面物产丰富，有野生猕猴桃、板栗等，还有很多珍稀林木。这里的山民善良纯朴，祖祖辈辈辛勤劳作，女性大多从小留长头发，乌黑亮丽的发髻上，戴着各式各样的头饰或鲜花。

　　后来读书以后，我和同学们走出大山，来到城里读中学，我才发现只有我们说话是拖着长音，带着弯转的。我们以前在家的时候，家里人和邻居都是这样说话的，学校里的老师也是这样的。有的时候，家里人进山劳作，互相都是用边唱边喊的方式交流，因为有可能大家不在同一个山头，用这种方式，可以传递到很远，而且听得很清晰。

　　在中学寄宿的日子里，元旦节前的周末，宿舍就我和隔壁的老乡阿兰没有回家，因为回家山路遥远，我们往往一个月回去一次。我们在宿舍洗衣服打扫卫生，长长的头发都盘了起来，在上面卡上一把梳子。我喊阿兰，我的洗衣粉没了，借我一点吧。这句话是用我们山里的口音说的，几乎就是唱出来的，阿兰也回话给我，唱了起来。我们有一搭没一搭地结合生活学习边聊边唱，有的时候独唱，有的时候合唱，有的时候是二重唱，就像我们在山里的家乡时那样。那时的心情真是别样的欢快，好似一颗心儿荡荡悠悠，飘回到山里。

　　这时候班主任老师来了，她笑眯眯地看着我俩，看到我们的状态，她就放心了，也不担心我们会想家。临走前，班主任说，你们代表我们班级唱一首山歌，参加学校里的元旦联欢会吧。唱山歌，对于我们来说是手到擒来的事情，没想到这个也能算是联欢会的节目。那天我和阿兰化了妆，头发编起来戴了头饰，我看看镜子里面的我们，还挺好看。在音乐老师的伴奏下，我们咿咿呀呀地唱起来，会场有很好的聚音效果，不断有立体的回音泛起，我们越唱越开心，比平时训练的时候唱得都要好。那一次我们节目获得了第一名，同学们还总认为我和阿兰是双胞胎。

后来我们从大山走出的孩子，进入大学，经常有同学朋友电话报喜，在全校新生歌手大赛中获奖，在城市青年歌手大赛中获奖等。每次我和老乡打电话的时候，旁边的室友都会说，你是在讲电话还是在唱歌，哈哈，这就是我们的交流方式。长大后，我们走向各个大城市工作，平时默默无闻的我们，在公司年会上亮上一嗓子，总能让大家惊艳。

最热闹的就是老乡聚会时，必不可少的环节，到 KTV 唱上几首歌，个个都是麦霸，不管有话筒没话筒，大家都能唱出和声，不会冷场。我们山里人长寿，除了我们那里的清新空气和水土的原因外，可能还和我们喜欢唱歌有关。天天唱上几嗓子，既锻炼了肺活量，又能保持心情愉悦，真的是"日出唱歌去，月明抚掌归"，日子过得快活似神仙啊。

定制蛋糕

　　小时候，我们家楼上三楼住了一大家子，爷爷奶奶、爸爸妈妈和小孩，整天因为一些家庭琐事而吵架。有一天，他们家买了烘焙的大机器，开始帮邻居们定做加工饼干、蛋糕。他们一大家整天忙忙碌碌，再也没有听到争吵声，特别是他们家定制的蛋糕一个个黄灿灿、香喷喷的，男女老少都喜欢。

　　定做蛋糕，在当时还是个新奇的事物，以前只有食品厂才能做出来蛋糕成品。很多人都到他们家加工蛋糕，顺便参观一下加工流程。大家采购好所需的面粉、白糖、油和鸡蛋，然后另外支付加工费用即可，每家每户送过来的食材依次排放整齐，按顺序进行加工制作。

　　这些看起来平平无奇的材料，经过搅拌、揉面、发酵等工序，倒入一个个花朵状的底托里，再放入烤箱，慢慢地香气溢出，从烤箱中拿出的蛋糕冷却后即可装袋回家品尝了。做蛋糕的这家人家，大人小孩各司其职，都忙着奔小康，增加经济收益，一家人其乐融融。

　　我们家逢年过节也会去定制蛋糕，蛋糕取回来后，放在家里的零食柜里面。早上起来，可以取出一个作为早饭，每个蛋糕掌心大小，呈花朵状，松软香甜可口。我的外公牙齿不好，每次定制蛋糕，妈妈都会多做一份，等外公来了，让他带一份回去吃。每次蛋糕在摆放茶点的时候，都是 C 位亮相，这样一份时新好吃的点心，着实备受欢迎。我去春游的时候，也会带上几个，用油纸小心翼翼地包裹起来，到了野餐的时候取出来，和小伙伴们分享，别提多开心了。

　　现如今，人们的生活水平提高了，家里有烤箱，网上随时可以搜到做蛋糕的方法，种类繁多，有奶酪蛋糕、海绵蛋糕、戚风蛋糕、芝士蛋糕。我还是认真地学习了小时候定制蛋糕的做法，味道似乎没有那么美味了，但在制作和品尝的过程中，曾经对于蛋糕宝贵的感觉似乎又回来了。俗话说，民以食为天，小时候香甜的定制蛋糕永远留在我的记忆中。

裁花布，做新衣

　　元旦过去，渐渐进入腊月，小时候每当这个时候，妈妈就开始忙碌起来，除了买年货做吃食，还会有几个晚上，坐在缝纫机旁加班加点，给我做过年的新衣服。做好后便是试穿、清洗、晾晒，然后放到衣柜里，等着大年三十拿出来穿。

　　新衣有的时候是一件蓝花大褂，有的时候是红格子毛呢外套。小的时候不懂事，总觉得妈妈做的衣服土气，没有别的小朋友滑雪服、羽绒服洋气，每年都穿妈妈做的衣服真是有种一言难尽的感觉。特别能理解，麦兜和他妈妈说想吃火鸡，结果圣诞节买了个火鸡，吃到清明还在吃，吃到端午的粽子里，还有火鸡肉在里面时，麦兜委屈的心情。

　　有一年大年三十，妈妈让我去穿新衣，衣服真的和百货大楼里卖的一模一样，也没有看妈妈在缝纫机前做过，于是以为穿上了百货大楼里的衣服。我欢天喜地穿了出去，直到一个星期后，在衣柜里看到这件衣服做完后剩下的边角料，才确定了这依然是一件妈妈的手工作品。当时的心情不亚于麦兜在端午的粽子里面吃到了火鸡肉。

　　其实，夏天的衣服比较适合妈妈手工制作，夏天衣服需要常换洗，一块小小的花布，就可以做出一件小裙子了。妈妈是美术老师，比较会设计，经常去布店淘到好看的布料，回家就翻看服装设计书，动手裁剪做衣服。我夏天的好多衣服都是妈妈做的，有马甲裙、公主裙、背带裤、喇叭裤、娃娃衫，有的时候我走在路上，就连裁缝店的老板，也要让我过去转几圈，她要看看我妈又给我设计了什么衣服。

后来我长大了，妈妈已经不太做衣服了，因为大人的衣服用的布料多，做坏了太费布。妈妈尤其喜欢去逛布店，逛好布店直接在旁边的裁缝店做衣服。有的时候妈妈和她的闺密一起去买布，布店老板真的要开心得嘴也合不拢了。

妈妈的闺密婷姨是个语文老师，她买布有一个要求，不能和人家撞布。所以每次她都会问布店老板，哪种布匹进的货最少，然后，只要是她喜欢的，她就把那个花色买断，还要老板保证近期不要进这种货。然后拿到裁缝那里做上几件衣服，穿出来成了一道独特的风景线。

妈妈则喜欢买滞销的布料，然后拿到裁缝那里，做出她设计的样子，妈妈精心地搭配布料的颜色，设计适合布料材质的款式，滞销的布料也能变废为宝，还真是别具一格。有的时候，做出来的衣服太时髦，妈妈就把衣服摆在衣柜里，她说看着也是开心，等过了一两年，已经不那么时髦了，再拿出来穿。

所以说，女人真是让人捉摸不透，她们可以女为悦己者容，为那个他穿上最心仪的衣服。她们也可以"缃绮为下裙，紫绮为上襦"。搭配出自己的款式，女人的衣柜里总是缺那么一件或几件衣服。

我家一年小记

　　家庭是每个人身体和心灵休憩的港湾，2022 年我们家庭成员以家为圆心，以责任为半径，留下自己一年工作生活的忙碌轨迹。

　　先说说女儿，学习还算稳定，从学校拿回家几张奖状，自然学科优秀奖、节约粮食光荣奖。可以看得出来她每天都在开心快乐地成长，按照自己兴趣爱好发展。最值得一提的是，今年女儿终于学会了游泳，虽然学习的时间比较久，但目前可以不借助任何浮力板，自己蛙泳 50 米，接着还会学习自由泳。曾经一度，女儿在学习憋气的时候遇到的困难，现在也迎刃而解了。真是"长风破浪会有时，直挂云帆济沧海"。看着在泳池里练习泳姿的女儿，多像一只小青蛙。

　　再说说儿子，虽然是小学低年级，可能是排行老二的原因，从小就比较善于察言观色，老师经常表扬他，说他乐于助人、团结同学。他自己在兴趣爱好方面，经过各种尝试，兜兜转转确定下来的，每周学习国际象棋并参加过级考试。找到这个真爱以后，他的学习进度，一点不用催促。自己抓紧做完作业，打开棋书对着棋盘，研究他的棋谱。问他这个棋的特别之处，儿子说就喜欢国际象棋短兵相接时互相对杀的爽快。所以说，国际象棋不属于懦夫。看着下国际象棋的儿子，就像他喜欢的棋子勇敢的小马一样。

　　再来说说我自己，除了上班按时按量完成工作以外，注意总结经验和提高效率，取得了显著的成绩。平时主要照顾两个孩子的起居，早上送他们上学，晚上接他们放学，去拿快递，逛超市采购日用品，就像一个看家护院的老母鸡。今年我还开始打开电脑，记录生活的点点滴滴，并向报纸杂志投稿，看着自己写出来的文章，被刊登采用，心里特别的充实，满满的幸福感。

老公的工作比较忙碌，经常还需要出差去外地。忙了一周，周末回到家，他会开着白色小汽车，带我们去游玩，或者带孩子去参观学习，像极了一匹白色的大马。今年老公除了做好自己的业务以外，还需要做好部门的数据统计和管理工作，大白马也在马不停蹄地奔事业，提高我们家庭生活的质量。

新的一年，我们相信，一分耕耘，一分收获。认真仔细地对待生活，生活也会善待我们吧。

麦芽糖饼

我第一次看到麦芽糖饼，是在换货郎的货筐里。很小的时候，在我们居住的这片居民区，每周都会有换货郎摇着铃铛，挑着担子路过。换货郎的扁担前后各有一个篮筐，前面一个篮筐放满各式新奇的物品，有各种厨具、小饰品等。后面一个篮筐放回收的旧物，一块块圆润的麦芽糖饼摆在后面篮筐上的木质盒子里面。

换货郎一来，孩子们都奔走相告，有的呼朋唤友，有的回家请出大人。如果没有物品需要换置的，就央大人掏几枚硬币，购买几块麦芽糖饼；如果有东西换置，就把家里的废旧塑料、铁锅、雨伞拿出来以旧换新，交换篮筐里的几样物品。讨价还价之后，换货郎会以麦芽糖块补足，这是我们小孩喜闻乐见的事情。

我们家经常攒好一些废旧物品等待换置。几次下来，我们家也换置了不少时新物品，比如厨房里面一对水晶玻璃的糖罐，五斗橱上摆放的一对小小的相框，沙发上的毛巾垫。每次换置后，都会得到几块麦芽糖饼。麦芽糖饼直接吃是比较硬的，需要慢慢地品尝，它的味道香甜，那是一种不含杂质、纯正蔗糖味的甜。

我问妈妈为什么叫它麦芽糖呢？很难想象这样一块香甜可口的象牙色糖块，和那绿油油的麦芽有什么关系。后来妈妈告诉我，因为它是用发芽的麦子制成的，麦芽用石磨磨碎和蒸熟的大米一起发酵，再经过蒸、煮、熬好几道工序制成。自从认识了麦芽糖，每次看到土黄色的麦粒，也会觉得特别珍贵。麦芽糖真是"清水出芙蓉，天然去雕饰"。

后来上小学以后，小学门口的小店铺里琳琅满目的零食，一毛钱可以买到一把瓜子，或者一袋酸梅粉，或者一小捆枣爪梨，最实惠的当数五分钱一块的麦芽糖饼，放学路上，买上一块可以吃很久。有一次早上上学走得匆忙，妈妈塞给我一张粮票，让我到社区的食堂买个馒头作为早饭。我出了家门就直接上了班车，也没来得及买馒头，到了学校门前，还捏着那张粮票。同学告诉我粮票也可以直接在学校门口的小店铺买零食，于是抱着试试看的态度，把粮票递进去。小店铺的售货员接过粮票，着实是因为粮票的票值太小，连五分钱也没到。最后拿了一个麦芽糖饼给我，那天的麦芽糖真是特别的甜。

再后来我们长大了，吃过很多酸甜苦辣的东西，但还是很怀恋小时候换货郎来的时候，吃的那一块麦芽糖饼，记忆中那幸福的甜味，可以陪伴我们很久很久。

枇杷树下

　　枇杷树是一种存在感很低的绿植，我们小区在每个楼栋之间的空地上，都种有枇杷树，树的四周铺上青草。枇杷树是一种常绿小乔木，适合小区栽种，我们家院门出去，就有这么一棵，如果说这株有什么特别之处，那就是因为我们家这栋楼是小区的第一排房子，枇杷树依着低矮栅栏种植，有一半的枝叶已经延伸到小区外，栅栏外是绿化带和灌木丛，然后就是马路边的人行道。

　　我们小区始建于20世纪末，据了解，种枇杷树大概是十年前的事，当时恰逢小区绿化改造。枇杷树的花期、挂果期和大部分植物错开，不太引人注意。它的树叶革质呈墨绿色，它的花季一般为十二个月左右，呈顶生圆锥状，颜色为淡黄褐色，花隐藏在一层层树叶中，一切都和自然浑然一体。

　　栅栏外的绿化带里种了不少花草，春天里樱花树、红叶李、月季、紫薇，这些花木个个艳丽无比，此起彼伏赶着趟儿地开花，人行道上人们流连忘返。栅栏里面，绘画的学生搬来板凳坐成一排，支着画板开始写生，为这些植物留下各种千娇百媚的姿态。他们会选择坐在枇杷树下避风遮日，却没有一块画布上留下这棵枇杷树的倩影。

　　秋末冬初的时节万物凋零，满街橙黄色的落叶，落叶树的枝干笔直地直指苍穹。枇杷树依旧保持它那低调的墨绿色，走近了看，会发现它开花了，往年枇杷树的花儿都是悄无声息地来又静悄悄地去。2022年在栅栏外新开一家炸串串小摊，在枇杷树下摆放几张桌椅供吃客休憩，小摊经营时间一般为晚上七点到十一点。

行人过来点上几串小串在桌边坐下品尝。抬头便看见了这棵开花的枇杷树，在路灯的映照下，显得尤其清新淡雅，细闻还有丝丝花香。几个散步的居民走过去，看看炸串的小摊，一样样小吃摆放整齐，设施也是干净卫生的，再看看价格，真是物美价廉。热闹也看得差不多了，抬头看到枇杷树开花了，便讨论起来，大家都说花开得不错，时间过得飞快，快要过年了呢。

南方温暖，一般四月左右枇杷果实成熟，球形或长圆形，为橙黄红色。最先发现果实成熟的是鸟儿们，叽叽喳喳一边尝鲜一边呼唤同伴。这是一年中枇杷树的高光时刻，居民想起小区还有这样的树木和果实，有等不及的居民小心翼翼地采摘回去逗小孩，尝一口还是酸甜可口的味道，完全不输水果摊上卖的枇杷，就是外形上更加小巧一点。

等到枇杷都已成熟，红的大的已被鸟儿啄去不少，物业统一采摘，居民拿着收纳袋去领一点回家。枇杷果特别适合冬季前后食用，或加冰糖雪梨煮水，有促进消化、润肺止咳的功效。鸟儿把枇杷核带到各处，在土壤、阳光、水分合适的地方还能长出几片绿叶。

来年春天，又会是万物复苏，世界已经热闹非凡，蜜蜂蝴蝶又开始围着那些艳丽的花儿转圈，枇杷树又和自然融为一体，静静地守护着居民区。

我爱学数学

喜欢学数学这件事情，我是天生的，这一点也是无意中发现的。那是小学暑假里的一天，照例家里安排睡午觉，我悄悄爬起来，妈妈发现了便说：不睡午觉的话，就起来做数学题。我一合计，这个交易合算，我坐在书桌前愉快地做起数学题。所以说，兴趣是最好的老师。

小学期间我的各科成绩不算突出，中等偏上吧，数学也只是前十名，但是我的数字感很好。有一次数学老师在黑板上出了一道题目，是和差倍问题，同学们都开始算了起来。我根据对题目的理解，画了一个线段图，马上求解出了答案。数学老师等了一会，全班就我一个解出了答案，他就准备在黑板上给同学们讲解。可是老师讲了半天理论，同学们也还是听不懂，于是他就过来看我是怎么算的，我就把线段图讲给老师听，老师听了以后又把线段图画在黑板上讲解，大家就都听明白了。那个时候我就在想，说不定长大以后我也可以做一名数学老师。

中学期间我的数学成绩一直名列前茅，其实在班级里面，论聪明好多同学都在我之上。长大以后总结数学学习经验，我觉得可能得益于我良好的学习态度。我做数学题的时候，对于那些会做的题目也认真解答，凡是有变化的环节，我都会一步一步推导，并且写下详细的推导过程。其实这本身也是一个复盘的过程，会做的题目里面也会隐藏一些不熟的知识点以及容易忽略的方法。久而久之，我的数学知识体系和解题思维都得到了完善，"博观而约取，厚积而薄发"，认真对待每一道题，结果就是基本很少会遇到不会做的题目。而那些聪明的同学，遇到会做的题目，就简化解题过程，看上去做题速度是快了，但是遇到难一点的题目，往往就在某个环节卡住了。

大学期间我如愿以偿开始学习数学专业，那些比较烦琐复杂的专业课程，就好像一个个宝藏等着我去挖掘。正所谓"黑发不知勤学早，白首方悔读书迟"。在学习数学专业课程中，我也努力学习并且积极总结经验和方法。俗话说：一日之计在于晨，早晨对于学生来说是个好时光，有晨读的，有晨跑的。我的经验是早晨起床就餐后，直接拿本数学专业课本和铅笔找个开阔的地方，或在操场角落或在大教室开始研读课本。

我会从书本的第一页起，认真读每一句话，并将其转化成数学语言，在理解数学概念的基础上，对于定理进行推导演算。在需要展开计算的地方标上数字，这样一本书下来可以标到数字一百多，每个做标记的地方都是一个需要展开推导的地方，这样既有利于理解书上定理的出处，又有利于培养数学思维，还方便了期末时候的复习。

毕业以后我成了一名数学老师，在教学中我遇到一些学习数学有困难的同学，甚至有的学生对学习数学产生了负面情绪，这样是很难学好一门课程的。对于学生学习数学来说，我一向主张多表扬少批评，讲授中要引起学生的求知欲，激发学生思维活动。多教来源于生活的数学，并最终服务于大家的生活。

大院房子的故事

　　我在 18 岁之前，一直住在那个大院子里，在大院子里搬过三次家，住过三种房子。走进家属院，是一条笔直宽敞的水泥路，路两边是修剪整齐的冬青树。沿着路走，有一座假山和喷泉，再往前，路就分向左右两边，右边有水泥乒乓球台和篮球场，篮球场后面是几栋筒子楼，左边是住宅区。

　　我家的第一个房子就在篮球场后面的一个筒子楼里面。那时，一放暑假，楼里的小朋友就互相串门。谁家的小人书最多，谁家的水桶里冰了西瓜，谁家的冰箱里做了雪糕，小朋友们都一清二楚。工作日，家属院的安保人员会在篮球场上穿着制服操练，小孩子也过去模仿两招。到了周末有篮球联谊赛的时候，篮球场周围挤满了人，观众们在一旁加油呐喊。过年的时候，单位会在篮球场举办春节联欢会，筒子楼的窗户是绝佳的观赏位置。小芳妈领着一群阿姨扭秧歌，还有每年的保留节目，强子爸惟妙惟肖的济公表演，引得一阵阵喝彩。

　　后来，赶上单位住房大调整，家属院后面盖起了一栋栋新房，一梯两户，专门解决筒子楼的居住问题。我们搬家了，住进了两室一厅的房子，有独立卫生间，还有一个朝南的阳台。我们一群老邻居，纷纷搬进了新房，新房都已经粉刷一新，可以直接搬家入住，每户人家会根据自己喜好对房子进行装修。像我们楼上的双胞胎家里，就给墙面做了重新粉刷，不知用了什么高科技，自己动手粉刷，把绿色的竹子，印在了白色的墙面上，满墙绿竹很是抢眼，引得大家纷纷去参观。

新家的地面是一种水泥板，很光滑，像大理石一样。拖完地，地面亮得可以照出人影。那个时候特别喜欢整理物品，现在想想有点像今天的断舍离的道理。小小的空间里，没有多余的物品，人们更注重家人亲朋好友的联系，不为物质所累。我家的阳台上种了一些花草，有宝石花、太阳花、月季等。在客厅和卧室之间有个小书房，书房的墙上贴了几幅家人喜欢的书画作品，都是从新华书店购买的印刷品，有韩干的《牧马图》、周昉的《簪花仕女图》、赵孟頫的《赤壁赋》等，这在当时比较流行。有时在小书房写作业，我经常被墙上的书画吸引。在卧室的外面有个小阳台，从阳台望去，是一栋四层楼的单身宿舍。那栋楼经常晚上12点钟还是灯火通明、热热闹闹，我们都已经习惯了。我们全家在这个两室一厅的房子里一住就是十年。

我们第三次搬家，也是因为单位房屋调整，那时候我已经上高中了。那次我们家分到的是一户三室两厅的房子，有了独立的厨房，卫生间也大了，可以摆下浴缸。我家在一楼，有一个院子。爸爸做好规划把房子简单装修一下，妈妈忙着收拾院子。院子的一半种花草，另一半种蔬果。

如今，人们的生活发生天翻地覆的变化，生活水平越来越高，可有些记忆中的人和事并没有变得模糊，而是随着时间的推移越来越清晰，特别是那些有关大院房子的故事。

中秋叙家训

　　端蒙养、重家教是中华民族的优良传统，这一传统以家风家训为载体形成家族一脉相承的精神。好家风好家训影响深远，可以修身、齐家、治国、平天下。然而随着时间的变迁及现代家庭的独立和分散，家风家训已变得愈加稀缺。

　　中秋佳节之际，全家老少团聚一堂，晚饭后坐在院子里品尝月饼。月光洒在院子的地面上，秋风吹过一阵阵桂花香，沁人心脾。据长辈回忆，我们家的家训是"修身进取"，它影响到整个家族各个成员的为人处世、持家立业。

　　修身的基本要义在于生活规律。就吃的方面来说，长辈要求不管多忙多累，也要在家吃一顿丰富的早餐，为一天的工作、学习提供营养需要。在养育幼儿时，也会提醒我们"四时欲得小儿安，常要三分饥与寒"。成人也一样要做到七八分饱，早睡早起，坚持锻炼，心胸豁达。

　　修身的较高境界在于静心养性。家庭团聚时，大家会聊聊各自工作生活的情况，长辈会淡淡地道："你们遇到了好时代，有努力就有收获，但是不要急，慢慢来。"这一刻就觉得特别的心安，逐渐做到不乱于心，不畏将来。一个人只有在心无旁骛时，才会使智慧和潜能得到最佳发挥。我们身处缤纷变幻的时代，只有静心养性，才能在面对多重的评判标准和不同的价值观念时，更加坚定价值坐标，凝聚前行力量。

　　进取形成于长辈们的以身作则。祖父本是一介书生，赶上国家早期的产业结构调整，便自告奋勇带着一帮青年人，用双肩挑土填平大片沼泽地，从无到有建立工厂，生产的产品百里闻名。父辈这一代也是兢兢业业，母亲是音乐教师桃李满天下，即使在退休后，还坚持每周去老年大学和社区活动中心，指导合唱队演唱并为他们伴奏。

进取传承于小辈们的孜孜以求。我们这一代怀揣理想来到陌生的城市，切身感受到这座国际化大都市的平等、包容、创新和发展。城市为我们提供了一个实现自我价值的平台，对此无以为报，只能谨记家风家训，常怀敬畏和感恩之心，勤奋进取做好本职工作。

现在有了下一代，希望他们秉承修身进取精神，做到待人接物温和有礼，遇到困难可以周全化解。

遇见瑜伽

大学毕业以后，我进了一家大型连锁家装公司工作。在总部培训以后，我被分配到一个小镇做销售员。初到小镇，我有些水土不服，身上长出湿疹，吃了不少药也不见效，后又查出了轻微甲状腺结节。为了提高身体免疫力，我开始健身。

每天下班后，我都会去我家附近的健身房锻炼一两个小时。健身房里的运动项目很多，有游泳、街舞、瑜伽等。逐一尝试各个项目后，我发现自己最喜欢瑜伽，于是，报名参加了瑜伽课程。我的瑜伽课程每周三节，由不同的老师授课。

周一为我们上阿斯汤加瑜伽课的，是一位略带书生气的男老师。这位老师跳芭蕾舞出身，腿部的韧性和力量自然不必说。他可以把单腿盘起来，弯曲手臂，将整个人立在另一条腿的脚尖上，因为这个高难度动作形似鹦鹉，我们打趣叫他"鹦鹉老师"。

阿斯汤加瑜伽可均衡地锻炼身体力量、柔韧度和耐力，也被称作"力量瑜伽"。阿斯汤加瑜伽强度大，每个动作的完成都需要考虑身体的承受力，不可强求。老师向我们教授了很多呼吸方法，辅助瑜伽动作的完成，几节课下来，我身体的柔韧性也得到了很大提升。

周三是梅子老师的阴瑜伽课，老师将室内光线调成昏黄色，空气中弥漫着淡淡的檀香。老师为我们耐心地讲解动作要领和相关的生理知识，比如哪些筋脉的疏通有利于脾胃，拉伸哪个地方可以养肺。还有梅子老师会指着两眉之间，说道："完全放松，不要去控制面部，渐渐两眉之间舒展。"课程结束后，老师叫大家放空大脑，想象身体随浮云飘起来，慢慢进入冥想状态，这样的冥想练习，会让身体得到很好的放松和修复。

周五是瑶瑶老师的流瑜伽课，流瑜伽课兼具瑜伽的平衡感和韵律操的律动。一节课下来，大家往往大汗淋漓。这门瑜伽课程每次需完成十节操，每一节都是锻炼不同的部位。课程有统一的教学视频，每三个月这个课程会更新一次。

坚持练习瑜伽半年后，我的身体素质明显提高，随着免疫力的增强，一直困扰我的湿疹和甲状腺结节也没有了。此外，练习瑜伽也让我体态变得轻盈，整个人更有活力。工作之余，我常参加公司的文艺会演，良好的精神面貌常得到同事们的夸赞。练习瑜伽，还让我学会了自我减压，遇事变得更加冷静和平和。

如今，我早已调回总部工作，还是一直坚持练习瑜伽。感谢三年前在小镇的健身房里，遇到了一群练习瑜伽志同道合的老师和朋友，感谢瑜伽带给我的美好改变。

冰糖葫芦

　　早晨起床，一则朋友圈引起了我的兴趣，冰糖葫芦。一看图片，是改良版的冰糖葫芦。山楂中间去核自不必说了，还颇有创新地在中间加了紫薯和栗蓉，色泽还是那么的晶莹剔透。

　　想起了小的时候，因为是南方，市面上不易看到冰糖葫芦，只有在过年前后的冬季，最繁华的街市上，运气好的话可以看到有人叫卖。如果可以买上那么一串，就觉得这个年也过得格外喜气。

　　有一年放寒假，大人们在姑姑家里忙着为过年做准备，有的在灌香肠，有的在蒸糯米饭，满屋子的香味。表姐带我和表弟在房间里玩，有一点无聊，表姐说，我带你们去市中心的百货大楼吧。那个时候，在没有大人陪同的情况下，独自去市中心，想也不敢想，一般都是骑自行车去的，像我们三个人走去的话，单程就要半个多小时。

　　一路上，支撑我和表弟走到街市的意志，就是想着可以吃到酸甜的糖葫芦了。表姐给我们讲起了糖葫芦的由来，古时候，有个贵妃生病了。她不思饮食，日渐消瘦。御医用了很多药品，也没有什么效果。皇帝最后只好张榜求医，一位郎中为贵妃诊脉后说："只要用冰糖与山楂煎熬，每顿饭前吃，不出半月病准见好。"贵妃按此办法服后，果然病愈。皇帝大喜，赏赐郎中。后来这种做法传到民间，老百姓又把它穿起来卖，就成了冰糖葫芦。

　　到了街市，我们先冲进百货大楼，看到蓝黑墨水摆在文具那里，表姐细心地询问品牌和用法，最后挑选好了她需要的墨水，这下表姐心满意足，思索着回去要写的读书笔记。走出百货大楼，我们三人一行向最繁华的街市走去，快过年了，好不热闹。有做糖人的，有做棉花糖的，还有很多卖气球和风车的。

"糖葫芦！"表弟指着前面电影院门口，只见一个人举着红彤彤的一圈圈冰糖葫芦，好像打着一个红灯笼。糖葫芦插在一个树靶子上，整整齐齐有七八圈，每圈有十来串糖葫芦，每圈糖葫芦也是不一样，越往上每串的糖葫芦上的果子的个数越多。最顶端平平的插的是最大的糖葫芦，一串上有十个果子。表姐给我们一人买了一个糖葫芦，告诉我们要咬着吃，这样可以既吃到糖衣又吃到山楂。我照着表姐的样子吃起来，果然很好吃，吃起来还嘎嘣脆的，很有嚼劲。

回来的路上天很是寒冷，天黑下来，路上没有什么车，我们一点也不冷，觉得浑身都是力气，表姐捧着她的蓝黑墨水，表弟还在咂摸着小嘴，那一定是糖葫芦酸甜的味道。走到家门口，外面开始下起雪啦，推开姑姑家的门，大人们围坐一圈，像招呼大人一样，让我们三个进去，准备吃饺子喽。

我感觉自己仿佛一瞬间长大了，这一天做了好多开心的事啊，走上了街市，吃到了心心念念的冰糖葫芦，还陪表姐买到了蓝黑墨水。

我陪儿子提高学习效率

前段时间，儿子持续学习效率不高，明明是简单的词语抄写，也会用很长的时间，这时候我好像看到了曾经的自己，只能默默地和自己说亲生的。但是我没有不管不问，而是在暗中观察，并且积极地寻找解决方法。我记得在书本中读到过，激素会对男孩的心情和精力造成影响，生长发育过快，使得男孩的行为发生很大的变化。具体就是，一连几个月，他变得迟钝、做事无计划，生活一团混乱。这些描述的确和现实中的情况差不多，儿子的书桌是比较零乱的，学习的时候动不动就嚷着说累，做事情拖拖拉拉、磨磨蹭蹭。

正所谓："盛年不重来，一日难再晨，及时当勉励，岁月不待人。"这样下去可不是个事，在有了理论支撑后，我就没有那么慌乱了。首先，孩子都需要充分的玩耍时间，虽然已经是大孩子了，但他也还会在客厅，一个人拿个小汽车嘟嘟嘟，这些时候我都不会去打扰他。因为这个时候，说不定在他的脑中，已经构建了复杂的高架桥结构，在不断地会车和选择路线。给孩子一定的时间和空间，劳逸结合、张弛有度，对于完成学习任务是有帮助的。其次，我和儿子一起制定每天的时间表，帮助他建立秩序，简单地告诉他这个时间段需要做什么事情，做多长时间才可以休息，这样反而可以很快地完成任务。最后，在家的时候，让他多带着妹妹一起做家务，一方面可以培养他的管理能力，另一方面可以提高他的动手能力，同时还能让家里的每个人感受到家庭的温暖。在我们的鼓励下，儿子可以做简单的沙拉、西红柿炒鸡蛋等。

"问渠那得清如许？为有源头活水来。"在征求了儿子同意后，我给儿子选择了一些他喜欢的活动，多和同龄人接触，丰富孩子的信息渠道。儿子喜欢昆虫，我和他同学的父母约好，几个小朋友组团去公园观察昆虫，从出发到归来，儿子都是喜笑颜开，妙语连珠，看来兴趣是最好的老师。回来后他们小组完成的自然项目，也取得了不错的成绩。这样大大地提高了他个人的自信心。最主要是男孩的大脑组织结构特点，就是左右脑的联系较少，通过不断的语言能力训练和情感交流训练，能够更好地利用大脑的能量。

每个人的成长都是自己的一个个篇章，希望我和儿子共同成长。在未来的路上，我陪他长大，他陪我变老，在风雨中也要勇敢面对，展翅飞翔。

父亲的时光机

多年前一个父亲节的夜晚，在昏黄的走廊灯映照下，大学宿舍女孩们的卧谈会开始了。大家聊起给父亲送礼物的事情，小芝说她想送给父亲一个时光机。于是大家听小芝说起她父亲的故事。

在昏黄的油灯下，父亲用他那骨节粗大的手掌拍打在他自己的脸上、头上，泪水哗啦啦地流在他的脸上。他蹲下身子，蜷缩在土墙的角落，自己抱着自己嗷嗷地哭。那一年我七岁，由于干旱，田里颗粒无收，父亲看村里人买了树苗种果树，砸锅卖铁攒出几百块钱，揣在身上，坐火车去买树苗。在火车上有人叫父亲喝酒，父亲喝了酒睡下，醒来发现全家几百块的活命钱没了。

父亲没吃没喝几天几夜赶了回来，整个人又黑又瘦，嗷嗷哭着发誓，以后再也不喝酒了。父亲颧骨突出，眼睛凹陷，那次事情过后，他的面部表情更加严肃，话语几乎是没有的。后来父亲在村里的帮助下，赊了苹果树苗，勉强种了下去。父亲没日没夜扑在果园上，有时候和母亲轮流值班住在果园，我们兄弟姐妹四个人都自食其力，这样也只够一家人果腹。

虽然很忙碌，父亲还是会关心我们兄弟姐妹。有一次，秋天的晚上，忙碌一天的大人们回家休息，孩子们还在谷场玩耍。因为家里人多，所以小孩睡的是通铺。父亲细心，半夜去给我们盖被子，才发现少了一个孩子。父亲一个人出门满世界地找，最后在谷场上，发现因为贪玩在谷堆上睡着的我。那个时候，偶尔会有野狼在村里出没。还好父亲及时来了抱我回家，不然轻则感冒，重则被野狼叼走。

几年过去，苹果树终于挂果了，绿的、黄的、红的，真美啊！但父亲天天愁眉苦脸，从村里出去有30多公里的泥巴路，苹果根本不好拉出去。村里像我们这种困难的家庭，在苹果成熟的季节根本不煮饭。

我们全家人忙着摘果子，到了饭点，我们兄弟姐妹，坐在自家的苹果树上，吃苹果。吃了中饭，吃晚饭，到现在我还落下来一个毛病，吃不了苹果，一吃就拉稀。

父亲的手被树枝划得一道道血痕，他也全然顾不上。脸上除了突出的颧骨，都是褶子，下午的时候，父亲就开始装袋，把苹果装好，码在人力板车上。天快黑时，父亲就出发去卖苹果，这样差不多正好第二天清晨赶到集市。父亲装的苹果比人家多，跑的路也长。人家去30公里外的镇上卖，父亲为了卖个好价钱，跑到50公里外的县城卖。

忙碌的季节过去了，父亲又黑瘦了。头发衣服上都是泥。村里人都小赚了一笔，又没有什么农活，就开始互相串门喝酒。父亲恪守誓言，滴酒不沾，早早回来，在房间里数钱，把钱一毛一毛、一元一元、一百一百码得整整齐齐放在床头的饼干盒子里，为来年做准备。

苹果树从发芽到开花，果子从青到红，一年年过去。家里的房子翻新了，煤油灯换成了白炽灯，人力板车换成了拖拉机。村子里的路也从泥巴路换成了柏油马路，我们兄弟姐妹也渐渐长大。寒暑假的时候，兄弟姐妹在家帮忙做农活，也没少闯祸，并因此挨父亲的揍。什么煮饭睡着，把草堆点着了。为了让最小的弟弟不哭闹，把弟弟放到米缸里，然后抱不出来。父亲每次都吓唬我们，这么调皮，下学期，你不要去上学了，在果园里帮忙。但一到开学，还是帮我们把学费交齐。

时间飞逝，父亲的头发也全白了。最近连最小的弟弟也盖了新房，父亲终于放心把果园交给弟弟管理，安心在家带孙子了。我们兄弟姐妹天各一方，在苹果成熟的季节，大家相约回家看望父亲。村里的路是宽大的水泥路，家里的拖拉机换成了货车，弟弟的新房也装上了大大的水晶灯。母亲烧了一大桌菜，孙子们问，爷爷是喝酒还是喝汽水。

汽水！大家异口同声地回答，这么多年，这个誓言父亲一直遵守。多希望送给父亲一捧时光，让当年嗷嗷直哭的他，看到今天全家的模样。父亲，您这一生值得，谢谢您给我们全家带来了希望和幸福。

小芝的故事讲完了，有的女生激动地鼓起掌来，祝福小芝的父亲；有的女生泪流满面，感恩自己的父亲也是默默为我们奉献。那天，我们度过了一个有意义的父亲节。

爷爷的藤椅

　　爷爷的藤椅是一种用粗藤编制而成的圈椅。藤椅摆放在爷爷的书房，位于书桌的侧面，面对着电视和一扇窗户。它的扶手和座椅的前面，由于长期的摩擦而发出温润的光泽。

　　爷爷退休以前是石材厂的厂长和书记，厂里主要生产一些大理石桌椅、茶几以及各种石材的地板砖等，爷爷很有生意头脑，厂里的效益一直不错。后来工厂产业升级，机器换代，空出了很多大的厂房。大家对于闲置的厂房各抒己见，需要爷爷拿个主意。爷爷回到书房，坐在藤椅上，眼睛看着窗外气定神闲，不一会就想出来个好办法。

　　爷爷命人把闲置的厂房，分成两部分，小的一部分，作为自己工厂的石材展示厅，里面展览各种大理石家具的特色产品和新品，还有每种可以制作成地板的石材样品。大的一部分爷爷无偿提供给市场招揽生意、引进商户，形成一个集市。刚开始厂里有一些质疑的声音，可等到大厂房焕然一新，集市开张后，石材厂的生意做得越来越好，声名远扬，员工们都一致赞同起来。每到赶集的日子，方圆百里的人们都赶过来，带动了地方的经济发展，附近居民得实惠。现在看来，爷爷真是做了一件了不起的事情。

　　退休以后爷爷还是保留了以前的生活习惯。早上，烧开水锅炉的店家会派一个员工给家家户户送水，等把开水送到爷爷书房，爷爷就会沏一壶浓茶坐在藤椅上开始简单的早餐，因为是熟人，老字号的早点铺，会让送水的工人把爷爷的早点一并带过来，都是刚出炉的大饼、油条、小米饺和小米粥之类的。

早餐过后，爷爷会在藤椅上翻看当天的报纸，即使退休以后，爷爷还是很关心时事，对于看过的报纸上的新消息，他都会记着找人来核实。上次他的侄孙从武汉回来，他就在书房的藤椅上坐定，询问当下武汉的经济生活是否完全恢复、疫情是否完全控制，得到了好消息，他就很开心。爷爷每天日常都会在藤椅上观看准点的新闻节目，岁数大了以后，看着电视就在藤椅上睡着了，家人就会悄悄过去给他披上一条薄被。

爷爷活络的头脑使得他思想通达，与时俱进。他的老伙伴们有什么问题，都喜欢到书房来找爷爷商量。爷爷就坐在他的藤椅上，一边喝茶一边给人家分析。李爷爷家的孙子开始找工作了，李爷爷想不通，给孙子安排好去大国企的机会，孙子偏偏不去，而是要去做个掌勺的厨师。爷爷听完以后，站起来在书房里踱步，然后微微一笑，让李爷爷坐下来，自己坐在藤椅上分析起来。

大到国家形势，小到企业生产说得头头是道。爷爷说：老李啊，你想想清楚，现在国家正是处于改革开放时期，黑猫白猫抓到老鼠就是好猫。你让你孙子去国企，听上去好听，但没有技术，去了也就是个保安，做厨师至少是个技术活。你也别看不起人家小企业，哪怕是非公有制经济，国家也是鼓励发展的，它们也是公有制经济的有益补充。老李听完后，开开心心回家去了，一边走一边说：这么说孙子的选择是对的。

我儿子看到爷爷每天围着藤椅休息生活，便说：太爷爷像台电脑，坐在家中，什么事情都知道，藤椅就是他的充电器。真是童言无忌啊，不过每次看到用了几十年的藤椅，就会想起爷爷一坐上他的藤椅，那安逸自如、笃定自信的神情，真是一把神奇的藤椅。

孩童的秋天

　　在孩子的眼睛里，秋天是第一片被岁月染黄的树叶飘落下来，是第一个苹果红了起来，是最后一缕秋日的夕阳落下去，是秋风中闪闪的星星亮起来。我们小的时候，孩童的秋天是劳作的秋天，也是玩耍的秋天。

　　秋天水稻临近成熟，家家户户忙碌起来。首先天气预报关注好，如果遇上风雨天，就需要紧急抢收。其次等待成熟的时候，家家下田割水稻，大点的孩子们在家做好中饭送到田边。成熟的水稻，粒粒饱满在田里垂坠下来，马上就可以割下来做成香甜可口的大米饭，我学着大人的样子尝试着割水稻，我左手虎口撑开握住水稻，右手拿着镰刀，准备在离根部两三寸的地方割下去。突然被旁边的大人喝住，他们给我做了示范，原来我左手在握水稻的时候，大拇指朝下，这样很容易受伤。正确的做法是大拇指朝上握住水稻，看似很小的一件事，也是有窍门在里面的。真是"纸上得来终觉浅，绝知此事要躬行"。

　　水稻收割完成，大人们可以松一口气，一年的丰收成果进了粮仓，大家的基本生活有了保障。这时小孩们可以去河边放鸭子了，秋天鸭子长得快，特别是在河边放养的鸭子，活动量大、食量大，一两个月就大了一圈。鸭子在河里或打盹漂浮，风吹着河面显现一层层波纹，河水清且涟漪；或潜入水中，两个鸭掌在水中随意摆动，扁扁的鸭嘴从水里衔上一条小鱼；或在水草中行进，不停地用嘴去尝尝那些岸边的水草。一天的时间很快过去。孩子们用长长的竹竿指挥着鸭首领上岸归家，回去的路上鸭子明显没有早上行进得那样积极主动。一只只鸭子抖抖羽毛，慢慢悠悠一摆一摆往家赶。在水中饱餐一天之后，鸭子们在回家的路上，间或给田间加点肥料。

秋夜里少不了的乐趣就是捉蚱蜢，白天在野外的草地里面有很多蚱蜢、蜻蜓、螳螂等，蜻蜓是益虫，捉到一般都会放飞了。晚上打着手电筒去捉蚱蜢，在野外的路灯下面，蚱蜢特别多，人走过去蚱蜢没方向地直接往人的身上撞。从蚱蜢的后面，轻轻捏住它的大腿和翅膀，轻轻松松抓住一只丢进准备好的空瓶中，看它们在瓶子里面打架、蹬腿、咀嚼，好似有无穷的乐趣在里面。

稻子进了粮仓后，谷场上多了一个个草堆，孩子们白天的辛苦都被晚上的欢乐冲淡了。晚上我们在谷场嬉戏玩耍，玩累了就爬到高高的草堆上休息。我发现只有我在草堆上躺着的时候，月亮才不会跟着我到处跑，月亮也静止下来在休息，好像还在对我笑。长大以后不管身在何处，只要我抬头看到月亮，就会回想起那惬意的秋夜。

丰收的小院

冬天快到了，城市实事工程在我们这片小区也完成了。本来房子呈L形，靠着马路的第一排房子，现在外面盖起了一道围墙，围墙呈灰黑咖色相间，在古铜色的梧桐树映衬下，看上去尤为别致。

加上小区统一规划，连着房间的卧室和小书房储物间多出来一块三平方米不到的小院，家里一下多出一块空间。孩子在小院放了个鱼缸，外婆在小院种两棵花草，我也可以随心地晾晒衣服，方便舒适。阳光下，小院散发着清香，站在小院闻着熟悉的味道，让我想起了读高中的时候，家里也有个院子。

那年我读高二，穿着在院子晒得干干爽爽的小白鞋，放学回到家。院子四周是红色铁柱围起来的，推开铁门，穿过院子中间那条水泥路进入大门，两边是妈妈种的蔬果，左手边挂的一个个的西红柿，大的小的，红的青的，只是几小株西红柿苗，前前后后成熟过七八十个西红柿。

自己家院子种出来的西红柿特别新鲜，有的时候早上起来，走到小院，把最红的、熟的西红柿采摘下来。再仔细看一下哪些西红柿明天就会成熟飘红，留作明天采摘。摘下来的西红柿，清水洗净，直接入口即吃，搭配早饭鸡蛋饼，色香味俱全。

我们家隔壁有个老奶奶，身体不好，养了几只珍珠鸡补身体。珍珠鸡不喜欢运动，在院子里面蹲下，能持续很长时间，基本不动可以完成吃饭、捉虫子、打盹等事情。偶尔珍珠鸡会从隔壁院子钻到我们家的院子来，妈妈在墙根种了一排排枸杞，秋天一个个红色的小果，特别显眼，几只珍珠鸡一声不吭啄那些小果。时间长了，老奶奶不好意思，提着一篮子珍珠鸡下的小鸡蛋送到我们家。"这个东西有营养，枸杞的精华都在里面了。"老奶奶笑着说。

右手边草丛中藏了一个冬瓜王，一棵冬瓜苗，那年收获了两三个大冬瓜，现在留着的这个，一直在长，尤为巨大。不知是不是入住之前，妈妈把小院下的泥土深挖厚铺的功劳，我还没见过这样大的冬瓜呢，需要两个成人合抱才能抬回家。后来妈妈把冬瓜洗净，分了七八份，楼上和前后左右的人家都送了一份去。人们把冬瓜做成各种菜，大家还交流起做法，有的人家做红烧冬瓜，有的人家做冬瓜海带汤，还有的人家做肉末蒸冬瓜。

我们家做的是开洋冬瓜汤，是根据爸爸的介绍制作的。有一次爸爸出差去上海，在饭店里点了一道菜，就是开洋冬瓜汤，这道菜价格实惠，味道鲜美。老爸一直好奇冬瓜汤加上"开洋"二字有什么特别之处。后来我们全家研究出来：开洋，是我国江浙地区的方言，虾经过腌制晒干，放在冬瓜汤里提鲜。北方人叫海米冬瓜汤，南方小的虾，不去皮的叫作虾皮冬瓜汤，大的海虾去皮，就叫作开洋冬瓜汤。

正想着仿佛就闻到开洋冬瓜汤的香味，"开饭啦，今天中午吃我们家的保留菜式，开洋冬瓜汤"。外婆喊道。我走出小院，准备吃饭去喽。那熟悉的丰收小院的味道！

童年的小卖部

　　小时候，物资还不是那么丰富，购物是很有仪式感的事情。亲戚邻居家什么时候添置了什么物件，大家都知道。比如邻居家的小女孩过生日，她父母专程坐车去省城的商场，给她买了个眼睛会动的洋娃娃。街市上的百货大楼，也不会常去，一两个月去一次吧，只有像买年货、开学购买新文具这样的重要时刻才会去。

　　住宅区附近倒是有两个小卖部，大家买油盐酱醋茶、文具、五金都经常到那里。这两个小卖部里面的布局相似，都是百来平方米的地方，有十来个柜面。走进小卖部，可以从朝外的玻璃橱窗看到各种商品，麻雀虽小五脏俱全，小卖部好似缩小版的百货大楼。

　　两个小卖部位置不一样，一个在住宅区的南端，一个在北端，卖的物品也稍有不同。靠南的小卖部离街市更近，卖的物品也更洋气一些，可以买到新式自动铅笔、新式雨衣等紧俏商品，还有冰柜，可以买到速冻饺子和雪糕。靠北的小卖部离乡下近一点，赶集的人们过来卖了家里菜园的新鲜蔬菜或者家里养殖的鸡鸭之后，就会去靠北的商店逛逛，那里有各色花布、用纸包成锥形的红糖、一溜排的热水瓶，赶集的人们最喜欢这些东西啦。

　　小卖部也是小孩子可以敛财的地方，一般家里吩咐过来打酱油什么的，总会有几分钱的找零，妈妈就会大方地让我买零食。如果我计划购买什么物品，就会积极主动多帮妈妈跑腿，把零钱攒起来。我的一套大闹天宫的连环画就是这样来的。

　　周末早上，把好不容易攒够的钱给了小卖部，拿到心心念念的连环画翻看起来，不一会就看完了。那天我反反复复看了几遍，表哥和表妹也在我家，他们也好奇地翻看了这本书，看完后大家一通比画。比画累了休息的时候，大家讨论这本书的价格，纷纷表示这本书不过如此，是很精彩但是价格还是略贵。于是，我小心翼翼地把连环画恢复原状，抱着试试看的态度，跑去小卖部和店员说，我不想要这本书了。可能是比较熟识的人，再加上这本书价格比较贵，不像是小孩可以做主买的东西，店员就把连环画收回去，并且把钱退给了我。于是那段时间我就成了一个"暴发户"，每天早上可以自己花钱买一份奢侈的锅贴饺子吃。

　　小卖部是消息散布最快的地方，大人们来这里交流新闻，大到国家经济、世界局势，小到邻里的婚丧嫁娶。小孩也喜欢在小卖部门口玩耍，那天我正在小卖部周围，遇到了来这里买糖果的小丽。小丽居然买了一款咖啡口味的口香糖，这个在当时是很高级的糖果，于是我看向小丽，小丽和我打了声招呼，给了我一小块，并且告诉我，这是用来招待她表姐燕子的。

　　想来小的时候，我是很会社交的呢，不但住宅区里适龄小朋友都认识，还认识一些小朋友的亲戚，小丽家的燕子表姐就是其中一个。我跑回家，拿好前段时间和燕子表姐约定好互相交换的火柴皮，去小丽家找她的燕子表姐。当时有很多小朋友收集火柴皮，它有个好听的名字叫作火花收藏。因为燕子表姐和我们居住的地区相隔较远，一套火花，两个地方出现的类型是互补的，于是大家拿出重复的交换自己稀缺的。用这样的方法，我在我们那个地区最早攒齐了好几套火花。

　　可能在每个中规中矩生活的成年人心里面，都居住着自己童年时期的一个小机灵鬼，在新的一年，愿大家初心不变，归来仍是少年。

古韵北京

不管是春夏秋冬，北京自有其风景。走，去北京游览：逛北京胡同、听北京京剧、吃北京烤鸭。让我们一起去体会北京的古韵。

北京著名的建筑很多，比如国家体育场（鸟巢）、国家游泳中心（水立方）、国家大剧院、北京电视中心、首都博物馆、北京南站、国家图书馆等。在北京城市里可以看到远处的中央电视塔，高高地耸立在那里。偶尔看到附近一层大平台上的篮球场，想象着在一楼屋顶上打篮球的场景。

最有意思的还是北京胡同，从外观上看是灰墙灰瓦。实际上，每条胡同都有自己的故事和历史。北京胡同不仅是城市的交通道路，也是老百姓生活的场所，更是文化发展的重要舞台。可以去南锣鼓巷胡同逛逛，买一些小商品。

北京烤鸭是享誉世界的著名菜式，使用果木炭火烤制，肉质外脆里嫩，肥而不腻。北京烤鸭的吃法也很多，有的人喜欢用酥脆的鸭皮蘸白糖来吃。有的人喜欢用饼把烤鸭、葱条、黄瓜条、萝卜条卷起来吃。

配上正宗的大酱，便有了炸酱面这一美食。吃炸酱面，比较常见的就是猪肉丁炸酱面。吃时佐以时令小菜，小菜的选择很多，有青豆、香椿、韭菜、芹菜、莴笋、豆芽、黄瓜、萝卜等。吃炸酱面配以炒爆肚和酸梅汤，真是一顿美味饮食。

去故宫，到钟表馆看一看会写字的钟表，钟表中坐立一人，用毛笔写出"八方向化，九土来王"八个字。夏季穿过胡同，到什刹海去看荷花，远远就闻见荷香四溢，景色真是美不胜收。

去几十公里外的长城看一看，一路上路边有柳树、槐杨和松柏，花的话，有不少北京的市花——月季，行至五环开外，渐渐可以看到<u>丛山</u>。可以选择坐缆车或步行去登长城。

穿过阡儿胡同，来到建国饭店的梨园剧场，晚上可以在这里观看京剧演出。演出剧目都是精心挑选的京剧名段，比如《秋江》《天女散花》《霸王别姬》等，欣赏生、旦、净、末、丑各种角色的表演，真是一种美妙绝伦的体验。

裁缝夫人

　　小琴的爸爸是个裁缝，人家喜欢叫小琴的妈妈裁缝夫人。爸爸读书多有文化，裁缝手艺也好，做衣服的都需要排队，衣服做好拿到手需要一两个月时间。小琴的妈妈小时候没怎么读过书，字也认不多，但是脑子却很聪明。

　　她们家住在路口，裁缝夫人很关照街坊邻居，她把对着路口的小房间的灯一直开着，给过路的人们照明。"传屐朝寻药，分灯夜读书。虽然在城市，还得似樵渔。"在家门口摆上小桌椅，供街坊在等待使用公共自来水的时候歇息。慢慢地，帮爸爸的裁缝店聚集了人气，有了什么新式布料或新潮剪裁款式，裁缝夫人及时向姑娘媳妇们推广。

　　爸爸是个读书人，做生意讲究信用，说好哪天完成的订单，都会提前做好衣服，挂在衣架上展示。正所谓"君与家君期日中。日中不至，则是无信"。但是，有的时候秀才遇到兵有理说不清，总会有一些喜欢占小便宜赊账的人，裁缝夫人管账，遇到这种人都是她出马搞定。

　　王老太太就是经常找爸爸帮忙做点简单的衣服，有时候就直接免单了。有一次王老太太又带着她的小孙子来拿衣服，衣服拿好了，王老太太的小孙子把做衣服的钱拿在手里，不肯付款。爸爸看只是做了几件小孩的衣服，不值钱也就没有再说什么了。裁缝夫人不知从哪里拿出一捧红枣出来递给小孩，那小孩一看红枣立马把钱给到裁缝夫人的手里，左右手各拿了满满的红枣，只能说裁缝夫人就是办法多。

后来，周边的工厂招工，裁缝夫人过去应聘后勤。上班工作的时候，裁缝夫人把每样事情都做得清清楚楚。特别是资产的盘点，裁缝夫人有好多字不会写，她就在纸上画小符号，进了多少货物，什么东西谁领走了用在什么地方，还剩多少资产都能对答如流，工人们缺个什么东西，裁缝夫人也能帮他们想办法，简直就是一台小电脑。裁缝夫人可要求上进了，一有空就认字写字。

　　正所谓"天下无难事，只怕有心人"。八年过去了，裁缝夫人每天都会抽空学习新知识，现在是后勤总管了。裁缝夫人小的时候只能给地主放羊，没有机会学习，如今时代好，只要愿意付出，有大把的学习工作机会。现在人们的日子真是越过越好，生活总是会善待努力的人。

风雨母女情

　　我小时候特别羡慕同伴，他们的妈妈长发飘飘，说话柔声细语，还会给他们买棒棒糖。我的妈妈大大咧咧，一头利落的短发，每天只会给我按份吃水果，让我保护牙齿，很少允许我吃糖。

　　有一次下雨天，妈妈在学校教书，爸爸见妈妈每次早上走得匆忙，光顾着想班里学生们的事，忘了带伞。于是，我和爸爸一起去学校给妈妈送伞，进了校园看见妈妈在教室里上课，我就趴在教室外面的窗户上。妈妈发现了我，她为了不分散学生的注意力，特地看也不看我，随意地用手挥一挥，我就默默地走开了，在教室外面等了好久才下课。妈妈这才走过来抱我，和我说刚才上课正讲到关键的地方，不能分散学生的注意力，我就原谅了妈妈。

　　上中学时，我家离校比较远，一般都是骑自行车上学。遇到上晚自习，爸爸妈妈会骑自行车在学校门口等我一起回家。有一次爸爸出差不在家，我晚自习放学的时候下起大雨，我穿着雨衣骑到学校门口，看见妈妈推着自行车披着雨披在等我。我又高兴又心疼，和妈妈有说有笑地在雨中往家骑。

　　雨天前面路况不是很清楚，妈妈都是走在前，让我跟在她后面。忽然，妈妈连人带车扑通掉进一个水坑，原来前面路上有个洼地，下雨积满了水，不容易发现。我连忙停车，大喊"妈妈"，这时妈妈哗啦啦地从水中出来，一边冲我笑着招招手，一边喊"这边有个水坑，你从那边走"。我的眼泪一下子流了下来。妈妈是一个先行者，也是一个路标，为我指明前进的方向。

长大后，我和妈妈无话不谈，从喜欢什么样的诗到喜欢什么样的男生。有一次，我和妈妈谈起一个女孩失恋的事，我问妈妈："如果这件事发生在我身上，你会怎么劝我？"妈妈说："我只想告诉你，你的未来还很精彩，你的世界还很大，何必过早地把自己锁定一个人，限制在一个小的空间里。"我把这话传给失恋的同学，她立马感到乌云散去，表示我妈妈的话很有道理。没想到妈妈很会开导人，有智慧的人说出的话也能让人体会到温柔。

随着时间的流逝，妈妈渐渐老去，我也成了妈妈的模样，面临着妈妈当年的问题，上有老下有小，兼顾工作和家庭。每当遇到困难的时候，我总在想，如果是妈妈她会怎么处理这些事情。正所谓"谁言寸草心，报得三春晖"。回家的时候，我会牵着妈妈的手出去走走，就像小时候她牵着我那样。

春日的灯影花香

　　春风拂面的时节，小时候此时为娃娃们的天下。家家户户制作灯笼，提着灯笼呼朋唤友，一直玩到天黑也不怕，小伙伴们可以打着小灯笼找到回家的路。

　　逢到赶集的日子会有精彩的花灯表演，有舞狮子的、猜灯谜的，整个广场都是灯的海洋。人们还会在河边放几盏荷花灯，灯在水中曲曲折折行走，光影随波荡漾。还有人会在广场中央放飞孔明灯，孔明灯在火光的热气中，冉冉升起。荷花灯和孔明灯都带着人们的美好愿望渐渐远行，求平安，祈团圆。

　　春季是人们散步赏花的季节，大家三三两两走出家门，见到长辈呼唤一声，邻里相见，招呼一下：出来走走，饭吃过啦。花在哪里呢？小区外面走上几百米就是田野，成片的农田和河流。那里有野花、小草和油菜花。

　　田野里的主角是油菜花和紫云英。油菜花是要结籽榨油的，尽量不能采摘，摘一朵少一滴油。紫云英是用来肥田的，可以采摘。紫云英的存在只有这个把月，小姑娘们把紫云英一捧捧采摘下来，编成花环戴在手腕上、脖子上和头上，留下许多美丽的风景，也给花儿短暂的一季赋予了更多的意义。

　　紫云英的田野上，引入沟渠的水，水牛在农夫的吆喝声中耕田。紫云英被犁翻起又卷入泥土中，正所谓"落红不是无情物，化作春泥更护花"。泥土散发着清香,水牛一早上就把田翻好了,后面就要准备播种啦,一年之计在于春,紫云英作为肥料融入泥土里,孕育着秋季的丰收。

长大工作以后,三月雾蒙蒙的小雨点不会影响我们观灯赏花的心情。元宵节过后,一年一度的灯光秀,继续在城隍庙展示,广场上展示着牛年的主角,五牛闹新春。五牛的上方打着吉祥的话语,牛年大吉、牛运亨通。街道上也拉满一排排红灯笼,红灯笼中有许多代表勇敢可爱的卡通人物灯箱,后来又添加了一个叫作茉莉的卡通女孩形象,她梳着传统的两个对称发髻。

九曲桥上以江南百景为中心,展示各式各样的彩灯,有三潭映月、江南山水、小桥流水等,构成一幅美丽的画卷。人在桥上走,船在水上行,鱼在水里游,还有大红鲤鱼跳龙门。天暗下来后,华灯初上,小雨淅沥,影影绰绰,灯光与倒影相互辉映,别有一番特色。路边小吃店旁,有一些方言的招牌,朗朗上口。一些三字词语很有韵味,如"好白相""嘎三湖""老灵额"等。人群熙熙攘攘,雨中的灯展也是热闹喜庆。

与灯光秀相媲美的,是春风里的花花草草。最先报春的是河边的柳树,一条条鹅黄嫩绿,草地上青青葱葱,小芽探着身子往外生长。三月公园里开得最盛的当数梅花、玉兰花和樱花。晚梅和早樱一年一度相遇在春风中,玉兰花满满开遍枝头,抬头观赏,玉兰花在蓝天的映衬下更白、更粉,也更加纯粹。

大片的郁金香盛开了,远远看去仿佛天上的彩虹铺了下来,近看花儿是如此的整洁干净。人们纷纷追着花儿过来了,摄影师们像蜜蜂一样勤劳,带着长枪短炮,选好角度开始劳作。阿姨们拿出缤纷的丝巾,像蝴蝶一样翩翩起舞。另外,还有穿汉服的人们、欢快玩耍的小孩。这里的欢声笑语伴着花香飘向远方。

同样的春光明媚，不一样的灯影花香，同样的是人们眼中的希望和内心的欢快。人们在春风里规划着一年的生活、工作，观灯赏花来一场视觉和嗅觉的盛宴，这是一个美好的开始。这一年应该会不错吧，认识几个有趣的朋友，做成几件好事，一切的收获会孕育在计划与耕耘中。

吃在外婆家

从小到大，都觉得在外婆家吃得最开心。外婆家离我们家十来公里，小的时候去外婆家，要么坐小客车，要么爸爸妈妈各骑一辆自行车，爸爸带着我。

每年放假的时候，我会到外婆家住上几日。外婆家在农村，到外婆家里的话，生活条件会稍微差一点，比如晚上的灯光比较昏暗，蚊虫比较多，但这些都不在话下，一点不会影响我去外婆家的积极性。因为去外婆家，有外婆外公舅舅姨娘宠着，还有农村一群邻居亲戚家的小朋友玩耍，最主要的是有很多美味，怎么也吃不够。

早上起来，最喜欢吃的是汤泡锅巴。外婆家有一个专门储藏锅巴的罐子，里面都是大锅米饭烧出的锅巴，有直接炕焦的，也有加油煎至金黄的，两种都很好吃。可以搭配骨头汤泡锅巴，没有骨头汤的话，就挖一勺猪油，放在锅里加水煮熟，再泡锅巴真是绝配。

午后，到池塘边看舅舅放鸭。大大的池塘绿波荡漾，池塘边的大柳树遮起来一片片树荫。鸭子在池塘里游玩，顺着柳树的树荫漂游，吃水草中的小鱼虾。我们走过去，舅舅把位置最好的石头指给我休息，这块大石头在水边的树荫下，呈躺椅状。舅舅到池塘里关照一下鸭子，然后又到池塘的远方，那边郁郁葱葱长满红绿的菱角。舅舅一个猛子扎进水里一会就满载而归，一蓬蓬在水里洗干净的菱角散在大石头边，我拿起一个，剥去皮，放在嘴里，香甜可口，可以吃菱角吃到饱。

傍晚外公带我回家去，路过一片瓜田，西瓜一茬一茬大丰收。瓜农正在往田里面灌水，整个瓜田都淹没在水里面。外公和那老伯伯交谈起来，说西瓜季结束后，要趁现在雨水多，早点灌水把田浇透，为来年做打算。田里面还有好多瓜呢。这收尾的瓜可不能保甜，大小还不一致，就不卖了。让大家伙都来拿点西瓜回去吃吧。

于是村子里面的小孩们都挽起裤腿，到灌水的瓜田里采西瓜。刚下水还有点滑，大家都像挖宝藏一样，采到一个就取出放在田边。那天我下水田玩得不亦乐乎，结束的时候收获了大大小小十来个瓜。拿回外婆家，一个一个切开，就像开盲盒一样，打开一个查看一个。带着惊喜的心情发现真有几个西瓜，虽然其貌不扬，切开却是黑籽红瓤，吃起来更是香甜可口。还有几个小的就直接丢进猪棚喂猪啦，小猪也很开心地吃了一顿西瓜宴。

夕阳西下的时候，外婆家的厨房就飘出炊烟，这个时候小伙伴们纷纷回家吃饭啦。外婆家的晚饭有小鸡炖蘑菇、火炸肉，还有我最爱的毛豆红烧肉。猪肉是外婆在集市上买的，卖猪肉的看到外婆家里今天来了客人，特地留了一块上好的本地土猪肉。毛豆是外婆种在稻米田边的田埂上的，不起眼的一丛丛，每次给稻子除草施肥的时候，也顺便把毛豆侍弄了。

正所谓："雪沫乳花浮午盏，蓼茸蒿笋试春盘。人间有味是清欢。"外婆家的毛豆特别好吃，外婆说窍门就是毛豆需要连着茎叶一起连根拔起带回家，在小院晾上两天，等豆荚张开，就可以取出毛豆。这时候的豆子吃起来完全成熟，口感也更筋道。在灶台上的大锅里先放入肥肉炼出猪油，再放入瘦肉和毛豆，灶台下面烧的正是毛豆的茎叶，不过这是在煎制一道美味。配上这道菜我能吃上两碗米饭。

一个假期过去，整个人长高了，虽然皮肤黑了一点，但看上去更健康了。吃上外婆家的饭，挑食的毛病也改掉了。一直以来，外婆家就是我们的加油站，在这里吃好喝好，有家人的温情补充，即使让我们到远方求学工作也不会觉得孤单。

春日放纸鸢

古时候的春天里，人们三三两两走到户外展开一场游戏，玩得不亦乐乎。或进行一场精彩的蹴鞠比赛，紧张激烈；或荡起秋千，欢声笑语荡漾开来，春花中裙摆摇曳；那时就有放纸鸢，当纸鸢飞得高远之时剪断连线，用这样的方式摆脱晦气。

现在，公园里的人们纷纷放飞纸鸢，也算不负春光。放纸鸢是一个技术活，一是纸鸢需要做得好，二是放飞需要有技巧。有的人天生会玩，那边几个大爷就是高手，退休后天天在公园里打卡，空竹、纸鸢全不在话下。

朗朗春日，空竹和纸鸢都有节奏地在空中或翻滚或升腾，动静相宜。空竹划过空中，以绳勒紧或反弹，发出嗡鸣声，所以空竹又叫扯铃。而纸鸢在空气中攀爬，随着线越放越长而越飞越高，纸鸢和线在风中呼呼作响，也有的纸鸢为了效果，带有哨了，发出好听的哨声，所以纸鸢也叫风筝。

小时候清明前后，学校会组织放风筝活动。小朋友大多数找家长做一个风筝，我们家每次做的风筝都是歪歪扭扭、皱皱巴巴的，自然也不会飞得很高。有一年爸爸找了一个篾匠帮忙做了个风筝，我高兴得爱不释手。这个风筝大而轻便，还拖了一个长长的尾巴。我把风筝带到学校参加了放风筝活动，那次轻而易举地夺得了前三名，正所谓"工欲善其事，必先利其器"。

抬头看着越飘越远的风筝，心想它出自专业的匠人之手，巧夺天工的设计让它一飞冲天。在那么高远的天空之上，俯视其他风筝，会不会就此迷失自我，还好有一根线牵着它。人也一样，遍行四方的游子，牵着他的是慈母手中的线；两地分居的恋人，牵着他们的是随时随地联络的电话线、互联网；行走在社会中的位高权重者，牵着他的是荣归故里、一心为民的心。

　　越是轻而易举的成功，越容易让人迷失，越是焦虑功利，越容易患得患失。坐地铁的时候，我发现往往是一两站路的目的地，很容易坐过站，而三站以上的路途，人就会抱着慢下来的心态去享受过程。

　　晚上加班从地铁站出来，抬头看见天上有一团团亮光，是星星吗？比星星亮。是飞机吗？比飞机近。原来是春日的夜晚，风筝爱好者放飞的电风筝，它们一闪一闪，为夜晚回家的人们带来一丝快乐和温暖。

学好语文益处多

　　说起语文启蒙教育，小时候的语文学习，是父母每天上班前，在家门口的小黑板上写下的一首首古诗词，从《咏鹅》到《悯农》，朗朗上口地读起来。诗句"故人具鸡黍，邀我至田家。"使我想到了黄米饭和烧鸡，看到了农家生活场景。小时候的语文学习，还是和隔壁小姐姐玩质检员过家家时，端端正正地在白纸上写下"合格证""通行证"，那些字是我最先学会写的字。

　　上小学以后，首先学习的是拼音。每个汉字上都有个帽子一样的拼音，一排排汉字，都是从左到右，拼音帽子也是从左到右戴得整整齐齐。下午上学的第一节课，是20分钟的写字课，一周硬笔书法，一周软笔书法。写软笔书法的时候，每个人都铺开墨水、毛笔和写字本，下课时，有人长了个胡子，有人的脸变成了花猫脸。最喜欢看老师批改后的毛笔字作业，还没翻到那一页，隔着纸就看见红艳艳的一片，老师会在写得好的字上用红色毛笔打上一个圈，有些写得特别好的字上会打上两个圈，大家欢天喜地地数着圈数，比比谁的圈数多。老师教我们学习字词句和写作文《快乐的周末》，有的同学写周末去公园划船，有的写周末去逛百货商店，老师告诉我们不是去什么特别的地方才可以写作文。

　　然后，老师读了一篇范文，那是我们的语文科代表写的《快乐的周末》，她写她和父母去菜市场买菜，回家清理鱼并且烧鱼吃鱼的故事。大家听得可入神了，到现在我都记得文章中写道："妈妈一边清理鱼肚子，一边指给我看，一个白色的圆泡泡，那就是鱼泡。啊，鱼泡真好玩，妈妈再给我一个鱼泡，妈妈笑着说，鱼泡又叫鱼鳔，是鱼游泳时自身位置的调节器，一般一个鱼只有一个鱼泡。"那是我第一次了解到关于鱼泡的知识，学写作文可真是长知识。现在的我，在沈嘉禄先生的《吃剩有语》中读到"鱼泡的名字不够雅驯是吗，现在都改叫花胶了"才恍然大悟，原来高大上的花胶火锅，用的就是此物，花胶就是鱼泡，也是鱼鳔的干制品，也即小学作文中的鱼泡。

学语文，还有一个固定的课程叫作早读课，从小学到中学，每天早上20分钟的早读课，是每个学生的必修课。到了高三时间紧张，每天早读课除了背诵古诗词以外，也会抽几天来朗读自己喜欢的课文。一个早读课读一篇《天山景物记》，作者通过记叙游览天山的见闻，热情歌颂了祖国西北边疆的富饶美丽，抒发了热爱新生活的深厚感情。我总是一边读一边想象着碧绿的草原上，衬托得十分清楚的黄牛、花牛、白羊、红羊，它们像绣在绿色缎面上的彩色图案，希望可以去尝尝野果子沟里五百里成熟累累无人采的苹果。朗读课文不仅学习了优美的语言和书写手法，还仿佛置身其中、身临其境，很好地舒缓了学习压力，整个人神清气爽开始一天的课程学习。

现在读书写文章是每天生活的一点调剂，我会在闲暇时或在脑中构思文章，或拿起笔记本记上几笔，通过写文章构建出自己喜欢的时空。

故乡一九九〇

　　故乡在一个小城，城里最繁华的一条路叫浩澜路，有一条白玉河穿过中心城区的这条路，河上有一座桥叫白玉桥。浩澜路上有一所我上的小学，我每天在这条繁华的浩澜路上往返两趟。路的东头有城里最好吃的早餐店，偶尔会花一元钱买十个锅贴作为早饭，很是奢侈。

　　路的西头是小玉奶奶家的小铺，里面有一毛钱一袋的酸梅粉、一毛钱一把的枣爪梨、五分钱一块的糖饼，都很热门。大家围成一团挑选两毛钱一张的明星贴纸，赵雅芝、翁美玲、米雪的贴纸都有。那一年是1990年，街上播放流行的歌曲《同一首歌》。王奶奶把刚满月的小宝宝抱出来在路上晒太阳，学生们围上去，看了一会儿，有人问，小宝宝叫什么名字？盼盼，就是1990年亚运会的吉祥物名字。

　　明天亚运圣火就要传到小城来了，学校里每名学生发了一顶亚运帽子，要戴上帽子去街上迎接圣火。我在街上挤了一会，也没有看到圣火，跑去学校操场，爬上最高的铁栏杆。铁栏杆呈阶梯状上升，平时每天都有很多学生来玩，在上面做各种体操动作。铁栏杆最高一级有六七米高，我在上面倒挂金钩，朝下望去，整个人像飞了起来。

　　从上往下望去，街道的远处，亚运圣火缓缓过来，一大群人簇拥着。操场的远处，我看到同桌正和几名男生围在一起，嘻嘻哈哈玩泥巴，真是幼稚。那年夏天的头等新闻，就是小城考出了第一个大学生唐峰，唐峰是我家邻居，他考上了北京的一所大学。

唐峰和我从小一起长大，小的时候经常是男孩们看唐峰比较柔弱就欺负他，反而是比他小几岁的我挺身而出，打跑那些欺负唐峰的男孩。那年我刚刚上初一，那天刚在学校默写完英语单词，走出校门，看到唐峰推着自行车来接我。班上的男生，拥了过去，推推搡搡，有人喊了一嗓子："大学生来接人喽！"我看了眼唐峰，这个从小一起长大的男孩，现在形象也高大起来了。

　　后来我读书离开故乡，偶尔回来路过浩澜路，还能看到有学生趴在白玉桥上，像我当年一样，看白玉河水在下面，哗啦啦地流。再后来，我回到了故乡，回到了浩澜路，在中学教英语。早上来到早餐店，点一份锅贴，现在是六元十个，小店里忽然响起来一首老歌——《同一首歌》。

　　我在教室开始点名"李盼盼""王亚运"，意识到在中学教的这第一批学生出生在1990年，仿佛又回到1990年的故乡。

外婆的拐杖

　　故事的主角是一根拐杖，它是姨父用梨树枝制作而成的，既结实又实用。拐杖是走路的小帮手，在外婆崴脚的那段时间里，拐杖屋前房后帮外婆处理了不少事情。比如喂鸡鸭什么的，教村里的姑娘媳妇纳鞋底做布鞋，还间或调解一下邻里关系。

　　外婆的拐杖成了调解棒。外婆在村里是妇女主任，谁家有个事情都喜欢让外婆给评评理，这次脚崴了，也是因为调解人家家庭矛盾。那天有一户人家吵架，就让外婆过去劝劝，那户人家在坡下住，在田埂上走下坡路的时候，走得比较急把脚崴了一下。外婆劝好架回家后，发现脚踝肿了，医生说是软组织损伤，在家静养一段时间就会好，于是就有了拐杖。自从有了这根拐杖，外婆调解村里的家长里短就更方便了。遇到事情先分几个方面，把问题说清楚，然后用拐杖在地面上敲一下，做总结陈词。"你们回家好好过日子，家里揭不开锅也是暂时的，这边是一石大米，你们拿回家去吧，明年秋收后再把一石米还回来。"后来虽然外婆的脚好了，可拐杖还是一直放在家里显眼的地方，每次需要调解的时候，外婆都会拿上拐杖，用它敲敲地面，大家就都安静下来了。

　　外婆的拐杖成了教棒。平时外婆的屋里，也会有人拿着鞋样过来请教做布鞋，外婆都毫无保留地教授给大家。有的时候，大家围坐一团一起纳鞋底，特别是千层底可有讲究了，需要用纯棉填制，用几十层布，而且层与层之间不得有褶皱，底边剪切要圆滑不走样。外婆看到谁的手势不对，都会用拐杖轻轻地戳她一下，让她抬头看看别人的手势，还有的时候，会在白板上给她们画样子，然后拿起拐杖，一一讲解，走线必须用交叉方式，纳边时不可走样，并说明每个图形是布鞋的什么位置。大家把做好的布鞋放在桌上摆成一排，外婆仔细翻看后，用拐杖指指其中一个，说这个我最满意，然后又缓缓说了它的优点。

外婆的拐杖成了运输大队。姨父给外婆制作拐杖当天，把拐杖当成一个扁担，挑了两袋梨子带给了外婆，外婆脚好以后也没闲着。她挑着拐杖，带了一大堆地里的农产品来到我们家，一些大红枣子、小南瓜就放在我家的桌子上，还有一些农产品吃不了的，外婆直接卖给了我们家小区门口的菜贩子。然后又挑了一些妈妈给外婆准备好的东西回家，什么棉布啦、村里做布鞋用的材料、麦乳精等。回到家外婆又用拐杖挑上麦乳精和院子里的大枣送到姨娘家里去，有了拐杖，每次有什么好东西，外婆都能很快地把这些东西迅速地分到儿女们家里。

外婆的拐杖成了家禽的饲养员。院子里养的一群鸡也在拐杖挥舞下服从统一安排，喂食的时候，外婆把苞谷米菜叶等均匀地放置在几个点，如果有鸡挤作一团，外婆就会用拐杖将它们拨开，从一个喂食点分离一部分鸡前往另一个喂食点，保证每只鸡都可以自由吃食。下雨天的时候，外婆也会用拐杖引导它们统一到固定的鸡舍里去避雨。就连池塘的鸭子也都在拐杖的指挥下统一行动。太阳下山了，鸭子还在池塘里，不肯上来。我们一群小孩都拿它们没办法，从池塘这边赶，鸭子游到池塘那边，从那边赶，鸭子游到这边，这时外婆带了她的拐杖出来，用拐杖划拉领头鸭旁边的水草，伴着外婆"噢啰啰"的呼唤，几只领头鸭雄赳赳气昂昂上岸了，奇迹发生了，在池塘里散落的鸭子，一只赶着一只按着拐杖指引的方向，一摇一摆地上岸回家去了。

如今这根拐杖已经老化破损了，它也算光荣完成了多项任务，多年来它的作用不可小觑。如今它和一些农具安静地躺在屋子的角落，身上落满了灰尘，每当看到拐杖，我都会想起外婆满满的爱意，它是不是正在和旁边的农具诉说着自己神奇的使命和光荣的工作呢？

秋之野趣

　　秋季就像一根神奇的缰绳，一头连接着热气腾腾、碧树连天的夏季，一头连接着寒气逼人、白茫茫一片的冬季。在丰收的田野上，有很多有趣的事发生在秋这个神奇的季节。

　　秋天可以采野花。常见的野花有牵牛花、红蓼、野菊花等。牵牛花生长在房前屋后，顺着竹竿枝枝蔓蔓地舒展开来，有紫色、深红色、蓝色，还有一些渐变色。牵牛花早上开晚上收，每天准时迎着秋天的骄阳吹喇叭，它真是深谙"做一天和尚撞一天钟"的物种。红蓼形状有点像狗尾巴草，但它的颜色是暗红和粉红夹杂在一起的。走近红蓼会闻到一股清新气味，就像它的造型一样，粗狂而灵动，采一把放在家里可以保存很长一段时间。

　　田野里最多的是野菊花，大小和个头比家菊花要小一点，端详一束野菊花，你会发现它的颜色是如此精致，有明黄和紫罗兰的搭配，有粉兰和黑咖的组合。如果放大一朵野菊花，它的美一点不输玫瑰、康乃馨这些花瓶里的佼佼者，真是"一花一世界"，而且野菊花的小巧也更衬托出它的独特清新气质。

　　秋天可以吃鲜味。虽然都是些平常吃的小鱼虾，自己捉来煮了吃，味道自然不一般。田野里的稻和麦收割以后，只留下敞亮的沟渠，别小看这不宽的沟渠，里面有丰富的水产。把稻草扎成一捆捆窝状，放置在水里，泥鳅就会一个接着一个钻进去，在里面钻来钻去，越钻缠得越紧。

白天往沟渠的拐弯处放置稻草捆，那里急水漫流，是捕泥鳅的好地方，晚上取出草捆，多的十几条，少的几条，有时还会夹杂着小鱼虾，带回家去晚饭可以美餐一顿。

干涸的河道旁是捕捉螃蟹的好地方。一手拿个桶，一手拿个夹子，轻轻地走到河道旁。在泥土中，有一个个水坑，用夹子试探一下水坑，这时候，水坑里的螃蟹斜着身子探望，如果直接用夹子去夹，容易让它逃跑或钻进泥水里。用夹子在螃蟹的左右两边试探，每次螃蟹都会全力以赴亮出大钳子，这时趁其不备，将螃蟹夹出水坑，看见它的背部，就可以顺手抠起背部凹陷的两边，扔进水桶里面，晚饭又多了一道美食。回家可以让螃蟹在清水中吐沙后，放料酒、姜、葱等将其腌制，再裹上面粉和蛋清放入油锅煎炸，趁热拿起一个吃，真是人间美味。

渐渐进入深秋，田埂上都是一片片枯草，选一个无风的午后，在远离房屋和谷堆的地方嬉戏，我们把从家里拿出来的板栗、玉米、山芋放在火堆中，加点野草把火烧旺，十余分钟就飘出香味，在野外，捧着香喷喷的食物，吃得特别香，一点也不剩。待火星一点点熄灭，野火燃烧后，就只剩苍茫的田野和夕阳落日。

脚下的土地，经过野火的锤炼，孕育了肥料，再经过冬季的瑞雪覆盖，来年又会是一个丰收年。

邻里情

　　小时候，我们住在爸爸单位的家属区，楼上楼下天天打招呼，下雨的时候在阳台上喊一嗓子，招呼大家收衣服，体会到远亲近邻，邻居比亲戚处得还要好。

　　那时，我们刚搬过来，住的是筒子楼。有一天，爸爸的老同学来家里看他，他高兴地留大家在家吃晚饭。妈妈赶紧去菜市场买菜，由于时间太晚，只有几个蔬菜摊还有菜，卖肉的都已经收摊了。邻居看到我家的情况，主动把自家养的鸡送来。于是，我家就有了一道红烧鸡来招待远道而来的客人，真是解了燃眉之急。为了感谢邻居，爸妈把珍藏许久的两瓶麻油送给了邻居。

　　之后，我家搬到了一梯两户的楼房里。我家和邻居家都在过道摆放了锅灶，形成一个两家共用的厨房，平时互相借个调料是常有的事。妈妈种的蔬果成熟了，也会给邻居送去一份。我放学回家，叫爸妈开门。没人回应，这个时候，邻居阿姨会把门打开，叫我去她家写作业，还会精心地为我准备点心。一直等到爸妈回来，我拎着书包回家，这时作业也做完了，肚子也吃饱了。

　　我们家楼后是篮球场，这是个得天独厚的位置。平时工作日，安保人员会在篮球场上穿着制服操练，小孩子也过去模仿两招。一到了周末，举行篮球联谊赛时，周围会挤满人，两个队打得热火朝天，我们可以在阳台上加油呐喊。有一段时间，楼里发现了老鼠，大家赶忙到篮球场上研究对策，说是在楼道说的话，会被老鼠听到。隔天，楼道里多了老鼠药和老鼠夹。一周下来，抓到了几只老鼠，后来楼道里基本就没有老鼠出没了，真是人心齐好办事。

多年后，当年的老邻居都陆续搬出了小楼，但大家早已处成了亲朋好友，虽然不在一起，有了这份邻里情的牵绊，大家还保留着以前的传统，逢年过节相互拜访或手机联系，好像回到了十几年前。

春雨古镇

　　我的家住在小镇，巷子里是青石板铺的路，两边是木质结构的房屋，古镇的四周是宽宽的护城墙。沿着青石板路从护城墙东门走出去，是一条宽宽的河流，古镇生活的方方面面都离不开这条河。

　　河道的远方产煤，有各种交通工具从护城墙下的道路驶过，改革开放之前，有一些老人小孩在河边捡煤块。我经常过去帮忙，看见小山在捡煤块，他和他奶奶各提一个竹篮，在河边弯腰低头搜寻。我把捡的煤块都丢进小山的竹篮里，希望他们可以早点捡完回家休息。

　　不一会儿，刚刚停下的雨又下了起来，而且越下越大，一点也没有停的意思。捡煤块的人纷纷回家去了，我和小山还有他奶奶走到护城墙边，顺着楼梯走上去，这个护城墙很多地方是双层的，里面一层有一些拱洞，我们在拱洞下躲雨。小山奶奶拿出竹篮里的馒头分给我们吃，我吃了一点。外面雨还在下，雨落在地上，洗刷得青石板更加细腻干净，热气退去，空气中翻飞着一种好闻的土腥味。

　　小山奶奶看看天边说道，一会儿雨就会停的，等雨停了，煤块被洗刷得黑黝黝的，一捡一个准。我摸出口袋里的三块糖，坚持让小山奶奶也吃一块，这是镇上卖的唯一一种糖果，名字不好听叫鸡屎糖，吃起来却是很甜，奶奶吃得脸上的皱纹都舒展开来。春雨洗刷过后，人的心也似乎敞亮起来，特别的清爽。我们继续在河边捡煤块，雨后煤矿特别显眼，捡的速度也快了许多。

城墙里家家户户开始唤自家小孩回家，我看小山他们竹篮都快满了，便恋恋不舍地回家去了。家中的门板也关上了一半，说明我回来的正是时候，快要吃晚饭了。搬个小桌放在门口，坐在门槛的青石板上，小桌上摆放好热腾腾香喷喷的大米粥，几样小菜，一叠煎饼。我拿着筷子大口大口吃起来。

　　雨又淅淅沥沥地下起来，看来明天的集市也是赶上阴雨天了。屋檐下雨水滴滴答答落下来，住在古镇的人们对于水滴石穿是最有体会的，家家户户屋檐下的青石块都是依照水滴的形态连成一个个孔洞。做生意也讲究水滴石穿，街上两户人家生意卖的是吃食，我是每天必吃，一个是东头的炒货店，什么炒老蚕豆、熏青豆，真是香鲜可口。一个西头的酱坊，用酱底子泡制压实的豆腐块，有嚼劲还有味道。

　　第二天的集市并没有受连绵细雨的影响，集市中撑起各式大小的油伞，人头攒动，男女老少骑驴、驾车来赶集。各种买卖生意兴隆，有唱戏的，有摆摊的，还有挑着担子吆喝的。我来到卖头花秦老头的摊位，在一个大油伞下面，三个箱子的头绳头花琳琅满目地摆在玻璃盖板下，姑娘大嫂都围了过来。有玫瑰花头绳、白玉兰胸针、宝石项链，看得人眼花缭乱，有几种新款的头绳深得我心，我仔细地比较，拿了一个，今天的集市也算是小有收获啦。

　　街那头，小山拿了个锅，打了满满的豆腐脑在里面，放在竹篮中，我和他并肩往东门走去。在雨中，小山顾不上打伞，他要把用捡煤块换的豆腐脑早点带回家，和他奶奶一起品尝。沿着巷子，走过一个个黑瓦灰墙，一排排暗红色小木楼，出了东门，来到大河旁，小山的家就在河对岸。河上有一座由很多小船连接的浮桥，我远远目送小山提着竹篮晃晃悠悠而又笃定地走过浮桥，消失在古镇山水画般的春雨中。

能人表嫂

　　我的表嫂是个四里八乡都夸赞的能人。

　　表哥和表嫂认识，是一次偶然的相遇，表哥去表嫂家的鱼塘买鱼，表嫂性格开朗乐观，里里外外一把好手，于是表哥就开始追求表嫂，不得不说表哥找老婆的眼光真是棒。自从表嫂嫁给表哥以后，他们家的生活就越过越红火，这里面少不了表嫂的功劳。

　　本来表哥家里的经济情况很一般，村里家家户户都盖起了新楼房，表哥家收入不高，一直还是几间老房子。姑姑身体瘦弱，姑父有一手厨师手艺，也只能留守在家照看家里的大小事务，全家人的收入就靠种大棚蔬菜。表嫂来了以后，先是把姑姑身体照顾好，这样姑父就可以放心去城里大酒店做厨师，每月领工资，收入还不少。

　　然后，表嫂根据市场需求和表哥一起，对家里的大棚蔬菜进行了规划。留了一部分继续种植蔬菜，翻新了两个大棚，种植新引进的水果品种，玫瑰香青葡萄。表嫂积极学习相关种植技术，在挂果的那段时间，她和表哥就在地里搭个床睡觉。日夜守护在大棚旁，直至这些水果全部适时地包装好，运往各大超市，家里的收入又增加了一大项。

　　表嫂娘家鱼塘的活，在忙的时候，也是少不了她。去市场买鱼饲料，表嫂开个小货车，一次就拉回来四百多斤。特别是在下网捕鱼的时候，表嫂一早便和表哥一起回娘家。表嫂一边忙前忙后张罗午饭，一边带领请来的十来个帮手撒网，这些帮手都是亲朋近邻，表嫂热情招呼大家，沟通联络感情。一张大网在自家鱼塘铺开来，表嫂安排大家走位下网，等鱼捕上来后，都放在水桶里，过秤、交易、记账，直接带到市场上卖掉，表嫂替娘家按照批发价格收款，账目做得一清二楚。另外剩下一批鱼，给早上帮忙的人，吃完午饭后分装带走，表示感谢，人情往来的事情做得滴水不漏。

表嫂嫁过来后，育有一儿一女，最开心的莫过姑姑了，她对这个媳妇是百分百满意，比自己儿子还要贴心。俗话说一个女主人就是一个家庭的幸福所在，表嫂做到了，她积极向上的精神带动了全家，热爱生活的态度感染了周围的人，她的生活也越走越顺，相信每个女人都可以通过努力让自己和家庭更幸福。

父爱如山

　　父亲的爱不像母亲的爱那么鲜明甜蜜，他的爱像山一样深沉而含蓄。

　　从小，父亲就是我的偶像，我家住在单位的篮球场旁边，而父亲是篮球场上的大英雄。据说，父亲第一天去单位报到的时候，篮球场上正在进行激烈的比赛。父亲拿着行李在一旁观看，这是本单位篮球队和外单位的友谊赛。后来因为人手不够，他们让父亲把行李放在一旁，加入了比赛，父亲在队友的配合下，扳回比分，赢得了比赛。这一打，父亲就在单位篮球队打了几十年，而我是单位篮球队的忠实观众。

　　小的时候，我最喜欢父亲把我扛在肩上，我稳稳地坐着，手里拿着篮球，可以直接把球投入篮筐。走路走累的时候，就会让父亲抱我一段，上楼梯的时候，父亲会蹲下来，让我趴在他的背上，很是舒服。上街的时候，父亲会把我放在自行车后座上，一路不停地和我说话，后来才知道，父亲是担心我睡着了，从后座掉下去。

　　父亲的爱是隐形的，当时不觉得什么，长大后细品，才渐渐了解。那时候，我们住筒子楼里的小伙伴们，有一段时间，流行喝麦乳精，他们喝了以后，就在一起讨论麦乳精的味道。我没有喝过麦乳精，听小伙伴说得神乎其神的，我就更想喝了。于是，我就回家吵着让父母也买给我喝，父母给我讲了一通大道理，什么不要和人家攀比物质，我们只买自己需要的东西。

　　楼里的小伙伴们，都喝上了麦乳精，只有我还不知道那是什么味道。

终于有一天在回家的路上，看到姑姑从我家出来，等我到了家，父亲从柜子里拿出一包麦乳精，淡淡地说，姑姑买给你的。我高兴极了，连忙泡了一杯，那味道香香甜甜，还有一点腥，好喝极了。长大后，我和姑姑说起这件事，姑姑好像并不知道，只是说：可怜天下父母心。原来是父亲给我买了麦乳精，却推说是姑姑送的。

上中学以后，我和父母提出想要自己骑车上学，母亲担心路上的安全，不愿意让我骑自行车，最后在我的说服下，才勉强同意。长大后，有一次和母亲提起此事，母亲才和我说，哪里是你的话有说服力，是你爸天天跟在你后面，上学送放学接。如果直接和你说了要送你，你爸爸又怕你反而不自在了，每次你一出门他就偷偷跟在后面，一直送到学校，直到过了一段时间，看到你骑得稳当了，才放心让你自己骑的。

父亲就是这样，默默在我背后，陪我走过一段又一段路程。长大后，有一次父亲来到我生活的城市，父亲老了，两鬓斑白，曾经走南闯北的父亲，和我说现在出远门，他也有点不习惯了。亲爱的父亲，后面的路让我陪您一起走，就像当年您陪我一样。

小镇馄饨

　　小玲的家在一个江南小镇，小的时候交通还不是很便利。小镇只有一条通往外面的公路，这条路需要钻隧道跨大河，就在隧道口的河边有一大片桃花林。

　　春天，水田里的老水牛不紧不慢地在农民的吆喝声中拉犁翻地，旁边的水车咕噜噜地转，把小河里涨上来的春水都转进田里去，好一派欣欣向荣的景象。

　　小玲上小学的时候，爸爸妈妈早上起得很早，拉着小吃车就去了巷口，巷口有两户人家中间凹进去一片空地，爸妈的馄饨摊就支在这里。撑开一个大顶棚，摆放两三个桌椅，他们风雨无阻在这里卖馄饨。

　　小玲和妹妹早上起来，自己洗漱吃早饭，经常一个鸡蛋、一个馒头、一杯水，吃好了就背着书包上学去了。巷子里这样的人家有很多，两三间平房，一个小院，一个院门。出门是不锁门的，里屋院子的门都是随手一拉，小镇上家家户户如此，从来没听说谁家丢过东西。

　　她们有的时候会避开爸妈的馄饨摊，从另外一条路去上学，因为总是觉得他们太辛苦了，不想他们分心。爸妈的馄饨摊生意比较稳定，那是家所有的收入。下午放学的时候，爸爸会给小玲和妹妹下一碗小馄饨加上几根青菜，吃得可香了，妈妈则把一些馄饨送给附近的孤寡老人。全部忙完了，一家就会在天黑之前收摊回家。

　　爸爸做的馄饨特别香，长大后小玲去了好多地方，也没有吃到谁家的馄饨超过爸爸做的馄饨。听妈妈说，那时候爸爸为了学手艺，到外面走了几百里路，尝了几十家店的馄饨，观察人家的做法，自己慢慢琢磨，有的时候还会带回点汤或调料，研究人家的配方。

这几个巷子前前后后有三位孤寡老人，都是巷子里面的人家帮衬，小玲她们家一般都会有一些当天的馄饨提供，妈妈在闲的时候，过去和她们说说话，帮忙打打水、扫扫地。还有几家卖肉的、卖米的，也会给她们带点东西，省得她们再出门买。

在小玲和妹妹去外地读大学的时候，爸妈对馄饨店进行了扩建，终于有了一个店面，爸妈不用每天推着小车来回跑了。来的客人基本都是老主顾，吃惯了这个味道。后来小吃店也越来越多，馄饨店也是一直收入稳定，不温不火吧。偶尔有位外乡人来吃馄饨，爸妈还是保持着老传统，陌生人来吃的第一顿小吃是免费的。

小镇还是保留了老传统，家家不锁门，户户母慈子孝，从来没有争吵打架的事情。淳朴的民风，养育了小镇一代代人，从小镇走出去的人，虽然也是见了世面，但都保持着善良的底色。他们如果在外面相遇，也会聊聊公路边的桃花林、小镇的馄饨铺。爸妈的小小馄饨铺，一直养育小玲和妹妹直到大学毕业走上工作岗位，怀念那一碗小馄饨。

那些失而复得的物品

　　女儿从幼儿园放学回来，她说给我带回来一张自己做的卡片，随后开始到处寻找，最后从她背包的小口袋里拿出卡片。看她找东西的样子，我就想起了自己小时候丢东西的经历，每次物品找回来都让我体会很多。

　　丢东西往往让我们懊恼，失而复得的物品最是珍贵，那心情就像坐过山车一样起起伏伏。我印象中第一次丢东西是小学一年级的时候，丢的是一套十二色的水彩笔。由于当时刚上小学，年龄偏小，一切都还懵懂，水彩笔放在书包里，丢了也不知道，只是陆陆续续有人在班级里捡到水彩笔，并且交给老师。那些水彩笔，有的在桌子下面、有的在洒水壶边、有的在垃圾桶里，最后和我书包里剩的几支笔，正好完整地凑齐了十二支。我拿到水彩笔的时候觉得是奇迹，它们是怎么丢的，到现在也没搞清楚，只是这件事以后，老师一直给予我特别的关心和爱护。

　　我第二次丢东西，印象中是在小学三年级的时候，期末考试结束，我们到学校领成绩单。那一次我取得了比较好的成绩，拿到成绩单很是开心，放学后就和小伙伴在学校附近等家长来接。那天是下雨天，学校旁边有个户外的篮球场，由于多日来的降雨，篮球场已经开始积水了，同学们都跑到积水的篮球场玩耍，我也挽起裤脚跑了下去。玩着玩着，成绩单从口袋里掉入水中，然后就找不见了。成绩单对于学生来说是很重要的物品，我很紧张，继续在积水里寻找。直到爸爸来接我，我还是没有找到成绩单，爸爸只好带我回到班主任的办公室，他听了我们的来由，又重新给我们打印了一份成绩单。老师表扬了我成绩进步，然后提醒我以后要更加地细心，不要再发生丢失成绩单这样的事情。

这时我才知道，有的东西丢失了，还可以重新再去整理一份出来。现如今大家的生活都很是方便，很多证件也无须带在身边，在手机上进行实名认证后，需要时，从手机上提供电子证件即可。以前人们常说，好记性不如小笔头，遇到重要的信息都会拿笔记下来。现在如果有重要的数据需要记载，只需要用手机拍照留下电子影像即可。

我第三次丢东西，是丢了放在夹袄口袋里面的五毛钱。那五毛钱是外婆来的时候，给我的零花钱，在当时是一个不小的数目，差不多相当于我一个星期的零用钱。钱丢失以后很是伤心，懊悔没有及时拿出来买零食。后来我开始合理地规划用钱，需要存储的就放入自己的存钱罐，其他的钱每一分都花在刀刃上，及时把它消费掉。这丢失的五毛钱，后来神奇地出现在夹袄的夹层中，原来是从口袋的夹缝漏了进去。失而复得的五毛钱，给了我一个星期的零食自由。

并不是每一样东西丢失以后都可以找回来，丢东西的经历让我更加珍惜拥有过的每一样物品，最大限度地使用好它们。东西尚如此，对于人生过往中的人和机会等亦如此吧，好好珍惜每一个生命中的机缘吧。

门前的菜市场

　　小时候我们住的居民区门口，有一个菜市场，周边的农人，提个竹篮来卖自己种的菜和养的鸡。鸡在竹篮里面，眯个眼睛，对外面的世界爱搭不理。居民来到农人身边，掀开竹篮上遮风挡雨的蓝色棉布，仔细打量着鸡，鸡的皮毛、头颈看上去不错，显示这是一只健康的鸡。居民用手摸一摸鸡的脖子和肚子中间的位置，这个位置相当于是鸡的胃，一摸是瘪瘪的，说明这个卖鸡蛋的农人很是厚道，没有为了增加重量，给鸡喂什么稻谷之类的鸡食。于是把鸡从竹篮抱出来，上秤成交。农人拿着钱可以去菜市场旁边的商店，买几匹花布或几包红糖或一个热水瓶。

　　刚刚工作的时候，在公司附近租了个单间，厨房是和其他租客共用的。既然安顿下来，就得解决吃的问题。房子就租在工作单位的附近，晚上下班走个五分钟就到家了。居住的小区旁边有个菜市场，下班后，就可以去菜市场溜达一圈。不想自己做饭的话，菜市场门口有不少熟食店，卖卤牛肉、烧鸡、烤鹅什么的，还有馒头、包子和大饼。有一段时间，为了省伙食费，每天就在菜市场门口的一家炒饭店解决晚饭，五元就可以有满满一盆的蛋炒饭，饭里面有荤有素，用鸡蛋和油炒出来，黄灿灿、香喷喷，看着就让人垂涎三尺，而且还百吃不厌。

　　周末的时候，我会到菜市场买菜回家做饭。那时是我刚刚独自在外自己生活，菜市场里的一切都是新奇的。而且工作的城市靠海，菜市场里有各种新鲜的鱼、虾和蟹，价格也不贵，买点家常的海鲜，回去加入葱姜蒜，或油爆或清蒸，都是即刻可食的美味。荤菜的烹饪大抵如此，在公用的厨房里，简易的炊具做出几样小菜。正所谓："待他自熟莫催他，火候足时他自美。"

　　现在的菜市场服务更加完善，买菜回去后，基本上只需直接烹饪即可。莴笋之类的素菜都削好了皮，豆子之类的素菜都剥好了壳，肉类根据需要做的菜式，推荐不同的部位，做成肉块、肉丁、肉丝、肉泥，任君提出不同的要求，或用机器制成，或手工切制，比过去购菜回去自己处理方便多了。更有会做生意的，将荤素姜蒜搭配好，放在盒中，上覆保鲜膜，这就是备受上班族喜爱的快手菜。菜市场里也分成各个区域。比较时新的区域是奶制品区域和豆制品区域。奶制品区域可以直接预订，后续菜市场上门派送，保证每天的乳品补充。豆制品更是品种繁多，豆筋、豆皮、豆腐丝、素鸡、豆腐干，总有一款会让你心动。

　　我们附近的菜市场，还有一个神秘的角落专门卖干货，从海带到海参，应有尽有。还有火锅的新宠花胶，花胶就是鱼肚，也是鱼鳔的干制品。这些干制品便于贮藏，以应特殊需要。

　　有菜市场的地方，就接着地气，就有了人间的烟火，也就有了更多的生活乐趣。

那个嗓音甜美的女孩

　　琳和我是小学、中学的同班同学，也算是一种缘分。琳从小就有一副好嗓子，在班里担任文艺委员，唱歌、跳舞和朗诵样样拿得出手。难能可贵的是，她没有因为自己经常代表班级参加表演和比赛而骄傲清高，她总是最善解人意，和大家打成一片。

　　春游的时候，她一个人在那边采花捡石头，原来她要把大自然的美丽带回家送给家人。她就是这样懂事，心里想着别人。用现在的观点来看，其实就是情商高、共情力强。有一次丽丽、琳和我一起放学回家，丽丽她们家刚买了冰箱，和我们说起了家里冰箱的使用，说完之后，还问我你们家冰箱里面都放什么东西啊。

　　那个时候，我们家还没有买冰箱。我便说起了我们家的水槽，我说家里厨房的水池边有个好地方，右边的一个小小水槽，堪比小冰箱的功能，食物在那里放置一两天，完全没问题，西瓜和饮料放在那里，也会起到一定冰镇的效果。琳家里是有冰箱的，她见话题一下尴尬了起来，连忙接话说，我们家有三个小冰箱，那就是我、爸爸和妈妈，我们三个的肚子。在晚饭的时候，可以吃下去很多饭菜，东西吃到肚子里，不用担心储藏的事情了。她说完，我们三个好朋友就哈哈笑了起来。

　　每次文艺活动彩排的时候，琳都能很好地给大家分配角色，让每名同学都能够积极参与到班集体的文艺活动中来。一次舞蹈会演的时候，琳带着十来名女孩正在台上跳舞，忽然有一名女孩把本该在第二段跳的舞，在第一段跳了出来，一个人偏离队伍，走了出来。这时候大家有那么一秒钟呆住了，只见琳跳到那名女孩旁边，把她牵回了队伍，大家又镇定地继续表演下去。多亏了琳的及时救场，如果不是看过彩排，还以为本来就是这样设计的，从这个小插曲也能看出琳的舞台应变能力。

中学的时候，琳是学校的广播站的广播员。地方传统戏剧艺校来选拔苗子，经过试唱、走台，一轮轮筛选，最后选中了她。后来，琳通过不断努力学习，毕业后在校任艺术类教导员。听同学说，好几次校级的联欢会，都是她主持的，很是耀眼。长大的我们纷纷成家立业，结婚生子，步入人生的另一个阶段，偶尔通过网络，互相祝福平安幸福。那个嗓音甜美、善解人意、爱笑的女孩，运气总不会差的。

以吃会友

那一年，我第一次离开父母到异乡去读书。刚到新环境的时候，大家还有点尴尬，互相之间都不认识，虽然住在一个寝室，但也没有很多共同话语。听说男生寝室很快打破了这样的僵局，只要他们在一起聚餐，就可以相谈甚欢。女生寝室里面情况还比较复杂，如果想要交到好朋友，还是要有共同的爱好。

经过几周的相处，我们宿舍的其他几个姐妹，互相之间找到了共同爱好。她们喜欢唱歌跳舞，有的人天生的好嗓子会唱歌，有的人婀娜多姿会跳舞，经常代表系里参加文艺会演，而我成了她们的后勤和观众。有一段时间，她们都忙着排练节目，我坐在旁边闲来无事，和旁边的同学聊天，才发现这位住在我们隔壁宿舍的同班同学蓉蓉，和我一样是个吃货，聊起饮食我们有说不完的话题，于是在她们的彩排舞台下，我们开心地从早餐聊到夜宵。

从此我也算觅得一知己，除了学习以外，我们把这一兴趣爱好发挥得淋漓尽致，不放过任何蛛丝马迹捕捉美食讯息。有一个周末，蓉蓉提前几天就约我到校门外的一家小吃铺去吃早饭。我问蓉蓉这家不起眼的小吃铺有什么特别，蓉蓉说，虽然没吃过，但是味道应该不会差。因为她观察到每天早晨都有很多公交车司机和出租车司机来这里吃早餐，除了因为这里是一个停车站点以外，可能还是因为这家店铺的味道好。你想啊，这一路有多少个站点，他们有多少选择，全城偏偏选中这家店，说明这家店有点东西啊。

在吃上面，蓉蓉的确很有天赋。我们特地赶早过去，避开人流聚集的时间段。清晨，早饭铺上各式点心都摆好，刚刚出锅的油条、油炸麻团、包子、狮子头、小米饺，还有热乎乎的小米粥和胡辣汤，每一样都是美味，特别是那大包子皮薄肉多，可以选择吃蒸包子或者油炸包子，各有特色。这家店的油条，还有一种特殊的吃法，用刚刚做好的千张铺底，抹上辣椒酱裹起来吃。果然是一家美食店，鉴定完毕，从此我们的收藏小店又多了一家。

"东门买彘骨，醢酱点橙薤。蒸鸡最知名，美不数鱼蟹"，我们执着地追寻各个不同时节、不同地点的美食。秋天的时候，东区食堂推出了一人份的小火锅，我和蓉蓉下了晚自习就赶过去尝鲜，两个人各点一份不同口味的火锅分着吃，吃完浑身暖和，很是满足。每一次我们发现了一款美味，都会到学生论坛的美食栏目去记录下来，时间久了，也遇到不少志同道合的同学。

每次放假的时候，同学们会从全国各地带来家乡的美味互相分享，因为热爱美食，我们不但收获了各地的美味，也收获了真挚的友谊，再也不会觉得孤单，真是以吃会友，乐趣多多。

奶油蛋糕

从小我就觉得，世界上最好吃的东西就是蛋糕。那时候，奶油蛋糕很是稀罕，一年也难得吃上一次。回想起来，每次有蛋糕吃的时候，都有美妙的事情发生。

奶油蛋糕一般是要过生日的时候，才有机会吃到。有一年我过生日，姑姑买了一个奶油蛋糕，在生日前一天，让表弟拿到我家来。没想到在来的路上，表弟遇到一个调皮的小孩，用弹弓在打鸟，一下打到表弟，蛋糕掉在地上。表弟哇哇大哭，对那小孩说，你把我送给表姐的生日蛋糕摔坏了，说完表弟就跑回家去了。

结果，第二天我妈左等右等没看到姑姑给我送的蛋糕，就去街上买了一个奶油蛋糕。姑姑又重新买了个蛋糕，让表弟重新拿到家里来。那个打鸟的调皮男孩，也让他父母赔了一个蛋糕送到我家来。有的时候我生日一个蛋糕也没有，那一年生日却一共有三个奶油蛋糕，当天每个来我家的朋友都吃了一大块鲜甜的蛋糕。

奶油蛋糕拿到手，舍不得大口吃。下面是松软可口的鸡蛋糕，上面是白色的奶油，如果分到一朵奶油花那就更是开心了。那个时候的奶油蛋糕上面的奶油，因为用的植物油或动物油的不同、做工不同，口感相差很多。有的是软得入口即化的奶油，有的像猪油冻一样，硬的奶油，味道都特别好吃，能够吃到什么样的奶油蛋糕，就像拆盲盒一样，只有拆开吃的时候才知道。

还有可以吃到奶油蛋糕的场合，就是家里老人做寿。亲戚朋友一早过来给老人家拜寿，就会有人送来一盒奶油蛋糕。奶油蛋糕一个个整齐地摆放在房间里面，孩子们看到直流口水，也知道今天有奶油蛋糕吃了。吃中饭的时候，大人们忙着敬酒吃菜，等中饭吃完人都走了，也没见到奶油蛋糕的影子。晚饭的时候，大人们继续敬酒吃菜，小孩们则耐心等待着奶油蛋糕。一直到晚上七八点钟，才开始把奶油蛋糕拿出来，一块块切开，分给大人小孩一人一份。终于吃上等了一天的奶油蛋糕，看着也是奢侈，吃起来更加回味无穷。

　　还有一段时间，过年时候的拜年礼盒，流行奶油蛋糕。拜年礼盒里面，有纸包成宝塔形状的一斤红糖，有条状的方片糕、烘糕，还有圆柱形的蛋糕。如果有人家送了我们家一盒蛋糕，那就会把蛋糕收起来，第二天去拜年的时候，再送给其他人家，所以一个年下来，也收到过几个奶油蛋糕，但都一一送了出去。直到元宵节过后，收到了一盒奶油蛋糕，这个时候，该拜年的人家也都拜完年了，就把这盒奶油蛋糕留下来，全家在晚饭后昏黄的灯光下幸福地分享。

　　那时候的奶油蛋糕不像现在如此普遍。它是一种物质富足的象征，更是作为礼物，表达给对方的一种祝福，吃的时候充满仪式感。当时觉得它是如此美好的食物，对生活的殷切向往和满满期望，都包含在奶油蛋糕之中。

鼓楼街

　　鼓楼街从我出生就在那里，是小城最繁华的一条街。在那里可以看见明代的一座文峰塔，可以听见车站钟楼的准点报时声，还有附近学校的铃声。走在街上，钟声随风飘荡，敲在人们的心田上。这条街以出售服装为主，卖小吃和手工艺品为辅。

　　在 20 世纪 80 年代的时候，一条街都是卖衣服的，还挺新奇的，这里寸土寸金。鼓楼街并不宽，地上铺了青石板，路两边各有几十家店铺，都是一间间小房子。每家店铺鳞次栉比地挂满了衣服，架子延伸到门外，外面挂的都是最流行经典的衣服。那时候，如果有一件衣服是鼓楼街买的，就是时尚潮流的保证。因为卖衣服的店多，卖同类型衣服的店也多，一般从路这头走到那头，想要买的衣服都有哪些，什么价位基本可以心中有数了。

　　在这条街买衣服还需具备一项技能，那就是讨价还价的能力。店铺也会留有一定的余地，不会让顾客白费口舌，多少打个折扣，抹掉个零头。最极端的一招就是，顾客自己报一个价位以后，转身就走，如果店家追了出来，这笔买卖基本就成了，如果店家没有理睬，基本这个价格是到位了，真是买个衣服也是戏很足。

　　读书的时候，家庭和学校教育学生要穿着大方朴素。我们一般一年也就逛个几次，买新年衣服的时候是必去逛一逛的。一条街逛下来，大包小包一家人收获不少。找个地方休息一下，在鼓楼街里面买点小吃，有卖饼、粑粑的点心店，有卖茶叶蛋的小铺，最有名的是一家刘师傅麻辣串，荤素串串应有尽有，叫上几个特色食品，素鸡串、年糕串、蛋饺串、带鱼串，加上特色的酱料吃了让人回味无穷。

在 21 世纪初，小城迎来了大规模的城市建设。鼓楼街迎来了第一次改建，整条街进行道路拓宽、房屋翻新。改建后，店铺比以前更加宽敞明亮，整个街面宽了很多，长度也是原来的三倍，有更多的店面入驻。刘师傅麻辣串以前是一个小棚搭出来的小吃铺，如今生意兴隆，在鼓楼街扩建成两间门面做生意。

如今距离街面改建已过去了 20 年，为了继续发展，鼓楼街也在不断地更新换代。由于现在交通和网购的便利，衣服售卖只占到鼓楼街业务的三分之一，新兴的行业不断涌现。这条街上的商铺让人耳目一新，逛街有了新的意义。有许多快餐小吃，还有深受学生喜欢的宠物商店，从宠物购买到宠物日常喂养护理一应俱全，还有烘焙店、咖啡店和花店。

不变的是，鼓楼街还是在小城的中心位置，可以看到古老的文峰塔，可以听到古老的钟声和上课的铃声。洒水车开过，路面干净整洁，在微风中，呈现一片欣欣向荣的景象。

记忆中的老屋

老屋终于拆了，我们家的老屋是 20 世纪 90 年代我读中学的时候，爸爸单位的分配房。房子分配后，就陆陆续续开始房产改革。

这一片家属区，大大小小楼宇有几十栋，有 70 年代盖的三室一厅，有 80 年代盖的两室一厅，有 90 年代盖的三室两厅。我们家的老屋是 70 年代盖的老房子，虽然年代久远，但修建得质量好而且面积也比较大。一个楼有三层，每层四户人家，我家在一楼的中间一户。

我对家属区，是非常熟悉的。从最前一排的筒子楼，到最后一排新盖的五层楼，我闭着眼睛都可以走一遍。贯穿前后家属区的有三条路，三条路是平行的，中间一条路是水泥路，可以行车辆，左右两边是两条小路。左边的小路依着坡度做了几个台阶，右边的小路稍微宽一点，可以过自行车。周末的夜晚，我们就依着复杂横竖贯通的路势，玩起捉迷藏。

我们住进老屋的时候，同期分配换房的还有很多家，大家互相等待，大套房人家搬进新盖的楼房，小套房人家搬进大套房，平房人家搬进楼房，家家户户喜气盈盈，搬家、装修、扫尘忙得不亦乐乎。妈妈利用一楼的优势，在后院分门别类地种了蔬果和花草。爸爸给每个窗户都安装了纱窗，还在卫生间里面装了一个浴缸。

老屋原来是多么的宽敞明亮，那些透亮的大玻璃窗，在微风里，洒进满眼的阳光和翠绿。我们在家里，把每个角落都打扫得清清爽爽。衣柜里面，整齐地挂着外套，下面一层层铺满各种床单被套。书架上也擦得一尘不染，每本书籍都在上面有自己的位置，各种手工艺术品，都一一陈列在上面。地板虽然就是普通的水泥地，每天都会清扫，夏天里，更是会用清水拖它几个来回，水泥地板磨得像大理石一样。

老屋现在已不复存在，它曾经为我们避风挡雨，带给我们家太多的温暖。有多少次在梦里回去的那个老屋，还闪现着家庭生活场景。不管我是在外读书还是工作，只要有东西找不到，我的大脑就会飞速搜索，如果这件东西在老屋里，它会在老屋的什么地方。然后忽然想到老屋已经拆了，无关紧要的东西也已经扔了，有一些还能用的物品都让亲朋拿走了，最后还有些物品装在一个大盒子里面，大盒子也带到了我居住城市的新家，也就渐渐释然了。老屋的气息还存在大脑的角落，一直都没变过。

一个善意

中学里的一天下午，放学本来就迟。放学后，我和几个同学，留下来布置班级后面的板报栏。那天还有几个值日生也留下来打扫卫生，正海也是那天值日。

我们把绘图和文章整理好，按照板块张贴在板报栏里，在板块与板块之间描上花边。很晚了，值日生已经回去了，正海和我家住得近，他和我说，班车已经没有了，你怎么回家。我看看时间，是的，由于我们家住得离校比较远，每天都是乘坐班车往返，这个时间最后一辆班车也已经开走了。那只能走回家，正海点点头，好的我等你，我们一起走回家吧。

又过了一会儿，我们的板报也完成了，我收拾书包和正海一起往家走去。正海和我住在同一个家属区，他爸爸上着三班倒的工作，有时需要上夜班，他妈妈在异地工作，所以正海是属于没有人管的。在学校里，正海是孩子王，调皮而且在男孩子中有点威信。他有时作业也不按时完成，如果他带头捣蛋，老师也很头疼。

我和他一路沿着路边往家走，路上有时候会遇到其他的家长来接晚归的孩子，也有我们同一个家属区的邻居，这时候我发现和他一起回家是个错误的选择。那时候，家属区有些家长觉得正海调皮捣蛋，不是个好学生，不让自家的孩子和正海玩。

我假装镇静地和他有一搭没一搭地讲话，把头埋得很低，生怕被人看到。果然，几个有点面熟的邻居从路上骑车经过，他们还在回头看我们，试图在确认什么。正海倒是很放松，无所谓的样子，他对我说了不少话，和在学校里玩世不恭的样子完全不一样。

正海说他不喜欢上英语课，因为他是跟随他爸爸转学过来的，他们在乡下的时候没有正规学过英语。我推荐他看中学生相应的英语报纸和杂志。他说有的时候，他也不知道为什么就是故意调皮，惹老师家长生气。我给他分析，是不是想通过这种方式吸引老师同学的注意，他点头觉得我说得有道理。

我们正聊在兴头上，不知不觉走了一大半路程了。我抬头一看，前方我爸爸骑个自行车来接我了，爸爸看到我们以后，表情严肃，我也没敢出声，好像做错事似的。正海一看，就自己一个人继续往前走，不一会就走了很远。爸爸看到我说，在学校完成板报啦，你等一下，自行车的链条好像有点问题，我去前面修一下，等了一会儿，爸爸回来说修好了。爸爸让我坐在自行车前面的横杠上，一边骑一边说，刚刚那个男孩，是不是李正海啊。我说是的。

骑了一段路，我们就赶上了正海。爸爸笑着喊，正海，来上车后面坐。正海准备拒绝，看我和爸爸都在对他招手，他就坐到了后座上。爸爸说，这个工程师李师傅，整天扑在车间里工作，连儿子也不管了。今天我们家里吃饺子，正海到我们家去吃晚饭，你爸这会早就上夜班去了。正海在我家吃了饺子，做了一会儿作业，临回家的时候，我拿了一些英语报纸和杂志，让他回家慢慢看。

后来，那一学期，正海完全变了一个人似的，学习成绩突飞猛进。拿手科目是新学的物理化学，经常考满分，薄弱科目英语也是优秀。最后他以优异的成绩考进了市重点高中，继续和我成为同班同学。有一次我和他提起初中刚到我们班的时候，他有很长时间都不好好学习的事情，真没想到，后面他那么认真地学习并且取得好成绩。

正海和我说，这一切都要感谢你和你的爸爸。他说，我刚转学来的时候，不适应这边的学习，只能通过打架调皮来掩盖自己的弱小和不自信。那天做值日，和你一起放学回家，遇到你爸爸，当时他的脸色不是很好看。我以为和以前一样，那些家长都认为我会带坏你们，回头带你去找老师去了。后来你爸爸带我回家了，我才知道你们是去修自行车链条了，这一次没有被人家怀疑，是你们的信任给了我努力奋斗的动力。

　　这么说来，爸爸总是告诉我要平等地对待每个人，爸爸的言传身教对我也有很深的影响。记得爸爸说过，赠人玫瑰手有余香。尤其是在别人困难的时候，可能一句话，一个眼神都可以给他鼓励和帮助，这样的善意也会良性循环，最终将善意回馈给大家，在这样的环境生活，每个人都将受益。

消失的贺卡

在学校读书的时候，一到节假日，学校门口的贺卡就特别受欢迎。那时贺卡摆在小摊的显眼位置，有普通新年贺卡，一般一套十张贺卡为同一系列的，可以分开购买；有折叠的生日贺卡，外面有一层塑料纸包装；还有更为高级的立体贺卡，音乐贺卡，价格从几毛到几元不等。

放学时，大家会在小摊边，仔细地挑选贺卡，那些美丽的图案，真是让人印象深刻。有卡通图案的可爱风，有美女明星的时尚风，有复古家居的怀旧风，最多的还是风景名胜，一张张令人心旷神怡，仿佛身临其境。大家根据不同的需求和赠送的对象，挑选不同的贺卡。

寒假放假前后，选好贺卡开始互相赠送，有一些是计划中需要赠送的同学，还有一些学校里的朋友，因为活动有一些交集，如果收到了贺卡，回赠一张，也是必不可少的礼节。在赠送之前，先根据赠送的对象喜好，挑选一张适合这位朋友风格的卡片，在卡片的背面一笔一画写下祝福语。有什么：新年快乐，新的一年学习进步，等等。如果是挚友，还可以写上几句悄悄话，最后再落上自己的姓名。直接把卡片送给对方，或夹在对方的书本里给他一个惊喜。

一个学期下来，赠送给辛勤耕耘的老师一张感谢师恩的贺卡，是个不错的选择。我们以前有一位语文老师，大家非常喜欢她，她脾气好，遇到上课讲到某个话题，大家在下面热烈讨论，她也不恼，她就停下来笑笑，大家便纷纷停下议论，继续听老师讲课。"谆谆如父语，殷殷似友亲。"正是这份默契，同学们大都会给她赠送一张贺卡。语文老师上课的时候提一个黑色的文件袋，同学们把贺卡悄悄地塞进她的文件袋里，表示对老师的感谢。

一年下来，我收到的贺卡也是不少。把这些贺卡仔细地收在抽屉里，闲来翻看，还是乐趣多多。正面是生动的景色，反面是暖暖的祝福话语。从前日色变得慢，一张贺卡传递真挚的感情。

现如今几乎没有什么人写信或赠送贺卡了，这种卡片也很少有售卖。大家互相之间有事的话，微信发一条语音，或打一通电话。生日的时候，互相在朋友圈发一句祝福，或赠送一张电子卡片。岁月变迁，不变的是彼此之间的牵挂和祝福。小时候收到的贺卡，我还是保存在纸质的相册里，偶然翻起，回想到在世间被这样的温柔对待，一切的美好仿佛都会来到。

儿时年味

　　冬天来了，我最喜欢的春节就快到了，小的时候每到这个时节，我们一群小孩在幼儿园里数日子。幼儿园的张老师会把教室椅子摆放整齐，让我们坐好听故事。张老师特别会讲故事，她讲的《草原姐妹小英雄》百听不厌。工会的谢奶奶来幼儿园给大家发了年货，有糖、坚果、酥饼等许多好吃的。小朋友眉开眼笑，想着糖吃完了，还可以把糖纸夹在书本里，集成一套套的可美了，有米老鼠系列、大白兔系列等。

　　过年前几天趁着周末，爸爸带我们上街去。妈妈进了美发店去做头发，新年新气象呀，爸爸带我去马路对面的百货商场买春联和糖果。回到家开始摆果盘，果盘有五格，每年都是老规矩，一个放瓜子，一个放糖，一个放酥饼，一个放果脯，中间一格放葡萄干，可以提供给拜年的小朋友吃。

　　过年的重头戏是年夜饭，一顿代表美好团圆的年夜饭，是从进入腊月开始准备的。腊月里面猪肉很是抢手，家人赶早去菜场，卖肉师傅会根据需要推荐不同的肉，连皮的做腊肉，去皮去骨头的灌香肠。红白相间的猪肉最好了，瘦肉吃起来有嚼劲，肥肉不可或缺，有了它做出的腊肉和香肠特别鲜香。几天忙碌后，家家户户的腊肉香肠在院子或阳台上晾晒，一眼望去充满丰收年的喜悦。

　　我们家和两个姑姑家住得比较近，所以大年三十会聚在一起过年。爸爸会提前把爷爷接到家里来，爷爷平时就在沙发上看报纸、电视。有的时候爷爷看着看着就睡着了，不管谁从旁边经过，都会拿个毯子给老人家盖一下。大年三十早上起床，家人会赶在吃年夜饭之前把家里装饰起来。走廊上挂上两个红灯笼，大门上贴上对联，房门上也会贴上福字。正所谓"千门万户曈曈日，总把新桃换旧符"。

客厅有一张方桌，方桌的四边可以另外支起一块桌板，方桌就成了圆桌，年夜饭圆桌是必需的。桌面按照习俗会摆放两个火锅十个菜，一家人团团圆圆。年夜饭上有很多谐音的食物，为来年讨一个好的彩头。比如年糕，年年高升；发菜，岁岁发财；饺子，更岁交子。火锅里可以放一些鹌鹑蛋、牛肉丸、鱼丸。预示着来年顺顺利利、和和美美。如果吃年夜饭的时候，不小心打碎了碗碟，马上就要说岁岁平安，不会影响和谐的气氛。在年夜饭上，小辈会用饮料给长辈敬酒，长辈给小朋友们发压岁钱。手里捏着压岁钱别提多开心了，想着自己的储蓄增加了，心里盘算着正月里看花灯的时候，可以在集市上购置的新物件。

大年三十的晚上，点上灯笼，上床美美地睡一觉。一觉醒来长大一岁，大家换上新衣服，戴上新帽，穿上新鞋，从头到脚都是新的，寓意辞旧迎新。初一早上拿个袋子在家属院里拜年，每到一家说上新年好这些吉利话，大人们就会把糖果装进我们的袋子里。有一次表哥在我们前面走，他拜年的袋子破了一个洞，我们还在后面帮他捡了漏出来的糖果。大年初一会去幼儿园张老师家拜年，她家住在顶层，布置得很是别致，准备了很多点心，我不知不觉就吃下去四个饺子，她笑着说：新年吉祥，事事如意。

新年过后，又回去上幼儿园了，大家会拿出自己收藏的糖纸互相交换。张老师亲切地告诉我，新的一年，好几个大一点的小孩都去学前班学写字了，现在我是幼儿园最大的一个了，所以我成了班长。没当几天班长，爸妈就把我转到了小学旁边的幼儿园，说是熟悉环境。新年过去，我好像也长大了很多，那个甜甜的儿时年味还留在记忆里。

长跑之乡

我的家乡在一个南方小镇，当地人有从小习武练功的传统，尤其受欢迎的运动项目是长跑，很多小孩从小练习，不管有没有成为长跑专业人士，都锻炼出健康的身体。

我们这里孩子，从小家规要求：卧似一张弓，站似一棵松，走似一阵风。这里人纯朴、勤劳、勇敢的性格，与从小练习武术和长跑也有着一定的关系吧。

在学校的课间，大家喜欢玩的游戏是蹲马步，几个人围成一圈，两眼平视，尽量放松，两脚分开平行下蹲，重心下移稳住，调动核心力量和肌肉，获得身体的平衡，几分钟也能够考验大家的基本功和耐力。一张一弛有利于后面的课堂学习，连肺活量也得到了提高。

寒暑假在家是个绝好的锻炼时机，小孩子流行穿一套白色的练功服，脚蹬一双运动鞋，每天有规律地进行练习。早起沿着小镇的护城河边跑起来，一圈下来 3000 米。长跑前，先做五分钟的热身运动，前后左右进行拉伸，活动臂部和腿部的肌肉、韧带等。跑的时候，调节好脚落地和呼吸的频率，有个小窍门，一般情况下以每三步或四步一呼吸为宜。还有脚着地时，注意脚掌外侧落地过渡到前掌蹬地的方式。同时准备一个水杯，跑步的时候，适当补充水分，跑步结束也要稍微活动拉伸一下。

经过一段时间的锻炼后，自己都能感觉到进步，有的时候各方面状态都不错，轻轻松松就刷新了自己的纪录。等我们长大以后，去外地求学，长跑的优势就显现出来了。学校的运动会上，少不了我们老乡，尤其是长跑运动，基本包揽了前三名。等我们走上工作岗位，也会发挥我们的长跑优势。我的好友雁荣，在单位兢兢业业工作几年，在一次总公司组织的公益长跑活动中，获得了冠军，引起了领导的注意，再加上她自己的努力，很快就获得了升职加薪的机会。

　　大家都是从小练习长跑，也更能理解长跑的好处。我的一些好友也会参加马拉松赛运动，作为业余爱好者，大家也可以一起比赛。就像小的时候一样，找到了一群志同道合的朋友，在开放与包容氛围中，获得更多欢乐，有爱好的人生不会孤独。当我们回到故乡，欣慰地看到新成长的一代，还继续保留着当地的特色，孩子们还是会沿着护城河跑开来。

张老师的蜡梅树

　　每年冬季蜡梅花开的时候，我就想起了教我们语文的张老师。张老师的名字里有个梅字，而且她应该很喜欢蜡梅。教我们的时候，张老师还是单身，住在学校后面的平房，平房后面带个小天井，她在天井里种了一棵蜡梅树。我从来没见过那么大的一棵蜡梅树，每当蜡梅花开的时候，清香四溢，整个天井仿佛都亮了起来。

　　那时候我是语文科代表，一到蜡梅花开的时节，我就找各种借口去看蜡梅。我到张老师的屋子里，看她批改作文，老师坐在窗前时而皱眉，时而哈哈大笑。窗外就是天井，蜡梅花香填满了整个天井，在百花凋零的隆冬，蜡梅迎风绽放，那是一种有质感的明黄。张老师用红色的钢笔，把我们作文中的好词好句画上波浪线，错别字在旁边订正好，并画一个小框框，留给我们再抄写一遍错别字。

　　每篇文章张老师都会写上长长的评语，好在哪里，什么地方还可以再提高，每次读老师的评语，好像在读一篇小文章。趁着这个时间，我溜到天井里，把手放在蜡梅花下，如果"正好"有一朵花脱落，我就悄悄装进口袋里面，回到教室，时不时拿出来欣赏和细嗅，这样一朵花，可以保存很长时间。蜡梅真是一株神奇的植物，性喜阳光，也能耐阴，耐寒，耐旱，就像张老师一样，嘻嘻哈哈、乐观开朗，也耐得住静，改起作文来，可以几个小时不离开书桌。

　　在我的宣传下，同桌明芳也想去看那棵蜡梅树，央我带她去张老师的天井，如果运气好的话，还可以采摘一朵带回来。我算好了时间，带明芳来到张老师房子里。我们说要看作文，老师说作文已经批好了，可以直接搬到教室去发给同学们。见我们失望、提不起精神的样子，老师在天井里的阳光下，打开我们的语文试卷，给一一讲解错题。

明芳开心得合不拢嘴，蜡梅树近在咫尺，我们摸着树干，闻着花香，听着张老师讲解。真是一个阳光明媚的中午，临走的时候，我们还是没有发现脱落的花朵，只好搬着作文本回教室，只见作文本上放了两枝蜡梅，张老师说，修枝的时候，剪下来的，送给你们。透过一朵朵蜡梅花，我仿佛看到张老师善解人意，慈爱的心灵。

谁知没过几天，我和明芳又被"请"到张老师的屋子里去。上午，最后一节课是作文课，张老师让全班同学写作文。我和明芳从乒乓球聊到蚕茧，最后因为蚕茧和乒乓球哪个更大，争论不休，直到下课铃响了，我们作文都没写完。张老师走到我们面前，在桌子上敲了两下，你们别去食堂吃饭了，到我宿舍去写作文，我们惭愧地低下头。

来到张老师的屋里，我们坐在书桌旁奋笔疾书，作文的思路也像泉水一样涌出来。窗外的蜡梅树，也随着北风呜呜地低吟，在风中抖动，好像在替我们承认错误，不一会儿，我们就把作文写好了。这时，张老师给我们端了两碗面条来，上面滴了麻油，放了荷包蛋。快吃吧，张老师招呼我们。我真希望老师狠狠地批评我们一顿，但是没有，只是语重心长地看着我们吃面。看着窗外的蜡梅树，我想到一句诗："疏林冻水熬寒月，唯见金株在唤春。"

后来，我和明芳的每一次作文都认真对待，上课的时候也专心听讲。感谢种蜡梅树的张老师，教育我们要有认真专心的学习态度，我们得以在人生的路上，不断地收获了各种成绩。张老师的慈爱就像蜡梅花香一样，悄悄滋润我们的心灵，使我们的生命有了厚度。

养蚕小记

一天女儿在淘米煮晚饭的时候，发现了大米中有一条米虫。我说，像不像你前段时间养的蚕宝宝。女儿说，蚕宝宝可比米虫可爱多了。关于这点，女儿是有完全的发言权的，这得说回女儿的养蚕经历。

女儿在学校上自然课时，老师给她们发了两个小蚕卵和一片桑叶，说是可以在家里饲养。因为两个蚕卵还没有动静，我便在网上购买了一个小小的蚕宝宝饲养试验包，试验包里面有蚕卵、饲养箱、夹子和新鲜嫩桑叶等物品，物品到齐之后，便正式启动了养蚕项目。新鲜的桑叶取少量铺在蚕卵下面，几天后，芝麻大小灰绿色的蚕卵里，爬出密密麻麻的蚁蚕，像小蚂蚁，又像黑色的小线头一样，我们把剩下的桑叶放入冰箱备用。

蚁蚕出来后，桑叶上有的地方会留下一个个小洞，说明它们已经开始进食了。蚕渐渐地长大，体型大了好多圈，颜色也由灰黑变成黄白色。一至两天我们会给蚕宝宝打扫饲养箱，更换桑叶。我们把蚕的粪便收集起来，拿给外婆种花，它们是很好的肥料。打扫饲养箱是一件需要耐心的事，用夹子把蚕小心移动，以前的我很难喜欢这类事情。如今可能是生活的细碎打磨了我，现实世界里，有很多事情即使反复地努力，也有可能只能完成一部分。而饲养蚕宝宝这件事只要坚持耕耘，就会有收获，它们就会一天天长大，给我们带来收获的喜悦。

我和女儿不厌其烦地处理蚕宝宝的居室，这点女儿很是细心，还会把躲在桑叶下面的蚕夹下来，放回新铺的嫩桑叶上面。外婆也会在小区给我们采摘一些新鲜的桑叶放在冰箱供蚕食用。蚕渐渐长大，百来个蚕分放在三个盒子里饲养，它们吃桑叶的时候，会听到一阵沙沙的声音，像下小雨一样。不一会儿刚换的桑叶就破了几个洞，少了一大片，在一片片翠绿的叶子上留下一个个黑色的粪便。蚕吃桑叶的时候真是千姿百态，有抱着叶片吃的，有躺在叶片上吃的，有打个洞钻圈吃的，真是憨态可掬。

有的时候蚕不运动，也不吃桑叶，这是蚕在睡觉呢，称为眠。眠中的蚕，体内进行着蜕皮的准备，经过四次蜕皮，蚕就成了五龄的大宝宝了。蚕宝宝完全停食，浑身透明，不时上下摆动，这是在寻找结茧的场所。我们在纸盒内固定几个支架，形成了结茧的环境。这个时候真是八仙过海，各显神通，结茧的技术真是高下立见。虽然蚕宝宝都是第一次结茧，天赋还是不一样，也有一定的运气成分在里面。有的蚕安安静静做好自己的小窝，有的上蹿下跳最后在角落里结茧，有的即使爬到纸盒外面，在墙与纸盒的缝隙之间也能完成任务，极个别由于时机不对或者迁徙路途遥远，浪费了太多丝，最后只形成一个薄薄的茧。

经过大约半个月的蛹期，蚕宝宝在自己结的茧里面，外面的世界安静了，蚕宝宝仍然在经历它们重要的蜕变。在我们悉心的呵护下，这批蚕宝宝的成活率和结茧率均在百分之九十五以上。蚕茧颜色五彩斑斓，以白色为主，此外还有淡黄、嫩黄、金黄、金色、橙色、橙黄、粉红。如果将蚕茧入开水煮透后晾凉，用手工的方法打开蚕茧，分离蚕蛹，得到的蚕丝可以制成围巾、蚕丝被等，但是这样的制作过程蚕就无法变成蛾了。我们是等蛾出来以后，将蚕茧收集起来，可以用作洗脸巾或者面膜之类。一共收集到百来个蚕茧，随着最后一个蚕蛾的破茧而出，蚕们的一生便接近尾声。

蛾期为三至五天，刚产下的蚕卵为淡黄色或黄色，由蚕卵开始到蚕卵结束，只是蚕卵的数量激增。蚕有意义的一生随着春光的落幕而结束，女儿把蚕卵带到学校分给自然老师和同学，老师会将蚕卵放在冰柜之类的地方，待明年春天教学时，分发给全年级的孩子，又会有一群求知的孩子饲养蚕宝宝，照顾它们，观察它们的一生，蚕宝宝也会无私地奉献出干净光亮的蚕茧。

晚饭后，散步去

我们老家有句老话叫作：饭后百步走，活到九十九。从小我们都养成了饭后散步的习惯。

小时候每天晚饭后，大家都结伴走出小区，去小河边散步，真是"晚来天气好，散步中门前"。散步的时候可以和邻里交流感情，邻居们见了面，点头微笑，寒暄一句，晚饭吃过了吗。大到国际新闻，小到邻里间谁家有了喜丧事，相关信息一应俱全。今天百货公司里日用品大甩卖，还有两天，有空去看看吧。这两天什么菜最新鲜，哪个店铺最便宜都有讨论。

散步的时候可以观赏美景，雨天过后，彩虹悬挂半空，小草儿带着水珠。如果是晴天，傍晚时分，晚霞映红了半边天，天空的云彩一会儿像万马奔腾，一会儿像海边的景象。水牛慢悠悠地在田埂上吃着青草，闷热的天气里水牛还会到小河里去泡上一会。也有人带着相机，趁着光线充足，在小河边摆造型拍照片。雨伞、帽子和花束，拍照三件套轮番上阵，一点不输现在阿姨们拍照用的丝巾、皮包和墨镜。

散步顾名思义，散，是放松精神，步，是锻炼身体。现在的散步，更多的是一种仪式，有时间散步的那天，说明不用加班，白天的时间是属于生活，为了生计或四处奔波，或久坐电脑旁。晚饭后的时间属于散步，"先生食饱无一事，散步逍遥自扪腹"，有规律的散步对心脏和血管都是有益的。孩子们也在学校忙碌了一整天，晚饭后散步有利于消食，多参加户外活动，对长身体也是有利的，可以预防近视，还能有助于提高动作协调能力。

晚饭过后，我带着女儿去散步，通常有几条路线供选择，喜欢热闹的时候，就往街市的方向走。途经超市可以补充各类生活用品，只要带了手机就不用担心付款的问题。喜欢僻静的时候，去附近的一个小小的公园，里面各类健身器材也都配备齐全。需要增加运动量的时候，可以去路口的一个运动场，在那里的操场上走上个几圈，微微出上一点汗，达到锻炼的效果。

散步是一个分水岭，散步以后的时间就是完全属于自己，或在电脑旁码上一点文字，或拿出毛笔写上几笔。女儿在学校里早已完成作业，晚饭后可以安心地阅读一本课外书，或者找人下一盘棋，总之乐趣无穷。今天的散步为明天的工作学习充电加油，养足精神迎接新的一天。

车篮里的温暖

城市里面人们上下班的通勤工具有很多，有公交、地铁、汽车，还有自行车等各种助力车。有的人上班需要好几样交通工具，比如我每天上下班，先骑十来分钟自行车到地铁站，把自行车停在地铁口的公共停车点，再乘几站地铁去上班。

上下班高峰期过去，自行车静静地守在停车点，它的旁边停了电动车、摩托车，还有许多共享单车。秋天里，阳光从青色、黄色、褐色的树叶缝隙洒下来，照在自行车上，这辆金色的自行车也泛着点点光芒。一阵风吹过，完成使命的花瓣、树叶飘下来，回到大地。"落红不是无情物，化作春泥更护花"，来年又会是郁郁葱葱的一树繁荣。

有一片树叶落在金色自行车前面的篮筐里，夕阳西下，我下班乘坐地铁回到离家最近的地铁站，来到自行车停车点，推着我的金色小自行车准备回家。我在自行车的篮筐里捡起一片落叶，它是呈五角形状的梧桐树落叶。啊，秋天来了，落叶是秋天的使者，提醒我们在繁忙的日常工作中，停下脚步看看远方，呼吸一口新鲜的空气。秋天到了，早晚凉了，需要注意保暖；秋天到了，年底近了，全年的事情都完成得如何？

有一天下班，我到停车点去领小伙伴金色自行车回家。车筐里多了一张广告纸，推荐附近的一家驾校，地址电话一应俱全。想想还挺合理的，什么样的人可能需要学习驾驶技术，一个骑自行车去乘地铁的人是不错的客户。"幸逢禅居人，酌玉坐相召。"不管是广告也好，做事也好，遇到合适的对象都很重要。我骑自行车回家，把广告纸放入小区一辆自行车的车篮中，说不定它的主人需要这样一个驾校培训。

有一天下班后，地铁口卖花的老太太愁眉苦脸，她每周会过来一两次，在地铁口兜售鲜花。今天天气突然降温，人们都走得匆忙，老太太还剩一束鲜花没有卖完。我推着自行车走过去，买了老太太的鲜花，这样她就可以回去在温暖的家中煮晚饭了。鲜花放在车篮里正好合适，我把它们带回家，家里也鲜艳明亮起来。

今天下雨了，我走出地铁正发愁没带雨具怎么回家，车篮里多出来一件一次性雨披。正在收拾摊位的老太太冲我笑了起来，今天生意不错可以回家去了。老太太说："这里多一件雨披，放在你的车篮里了，赶快回家去吧。"我穿上透明雨披，冲老太太挥挥手，秋雨落在雨披上亮晶晶的，我的心里也是明亮快乐的。

我回家的时候，有一个好伙伴自行车等候在地铁口，它经历整个秋天的阳光和风雨，自行车的车篮虽小，却可以承载整个秋天的温暖。

偶遇一只螃蟹

晚饭过后，天已经完全黑下去了，路灯亮了起来，按照惯例我和女儿去小区散步。路灯照着深秋夜晚的雾气，一片橘红色朦胧的光线，忽然小区的沥青小路上有一个东西在移动，迎着路灯看过去，原来是一只螃蟹。

女儿很想抓住这只螃蟹，她从小就喜欢动物，因为没有过多的精力，所以我一直没有答应她养小猫小狗的请求。小小的动物倒是养了一些，什么乌龟、金鱼、鹦鹉啦。夏天里路边有人兜售蝈蝈，一只只装在一个个竹筐里面，城市里的孩子，接触自然的机会不多，于是给孩子们领回家一只蝈蝈，每天用水清洗，喂点水果皮、菜叶即可，蝈蝈在夏日的午后实在是太吵。

这时只见女儿悄悄走到螃蟹的后面，用一截树枝按住它的后背，这只螃蟹还是太小，这样一按就只能对着半空挥两下大钳子，便作罢了，女儿用两个手指捏起螃蟹背，于是收获了一只小小的青壳螃蟹。女儿提议把它养在家里，想到冬季快到了，小螃蟹在外面也挺冷的，我就同意了。

儿子看到他姐姐捉了一只螃蟹回家，两个人都忙活起来，欢迎这个新加入的小伙伴。姐姐找来了一个有着长长细口的透明玻璃花瓶，他们要把螃蟹养在这个花瓶里，这样小螃蟹可以在这里有水有空气，有吃有喝还有一个空间。弟弟高兴得手舞足蹈，几天前他还沉浸在丢失蜗牛的伤心中，之前在网上买了两只白玉蜗牛，本来以为它们会行动缓慢的，谁知一下午的时间从窗户翻了出去，回到它们熟悉的窗后泥土中，再也找不见了。

这次的螃蟹我们可得好好养，儿子说道。晚上，儿子还不放心去看看小螃蟹，给它加了一根面条。第二天上午，大家想起来去看的时候，发现逃跑事件再次发生，上一次是两只蜗牛，这次是一只螃蟹，于是全家发动，在家里寻找起来。真是"众里寻他千百度，蓦然回首，那人却在灯火阑珊处"。就在大家准备放弃的时候，听到淅淅沥沥的声音，声音是从上方发出来的，抬头一看，原来螃蟹这个小家伙已经从长长的细口花瓶爬到大衣柜的顶端。

女儿把螃蟹营救下来，这次给它换了个小窝。这是一个大大的玻璃瓶，上面有一个细网制成的盖子。弟弟每天定时给小螃蟹换水喂食，姐姐天天观察，有的时候他们还会和螃蟹说话。姐姐有了螃蟹后，作文都多了素材，观察日记也是信手拈来。

看着他们这么认真地对待小螃蟹，我都有点动心了，也许可以考虑给他们养一个小猫或者小狗，他们也长大了，可以自主做出选择，承担更多的责任啦。

雪花落下来

　　因为是南方的缘故，经过几次降温，初雪悄然而至。雪花从苍苍茫茫的天空落下来，希望这雪可以洗刷过去一年的焦虑和烦闷，下雪了，幸福也会来到吧。

　　回想那一年我们还是个十几岁的少年，在高中读书，上晚自习的时候，雪花大片大片地落下来，地上已经是厚厚的积雪。晚自习下课，兰和我手挽手，来到空无一人的操场，白茫茫厚厚的积雪在那里，等着我们去留下印记。雪地留下我们的背影，我扎着一个马尾辫，她是短短的学生头。我们分头绕着操场去踏雪，雪地上留下我们的脚印，形成大大的一个圆，我们又碰头了。

　　树枝上都是积雪，我看到兰的眼睫毛上也是雪花。"忽如一夜春风来，千树万树梨花开。"我说："人生到处知何似，应似飞鸿踏雪泥。"兰笑着说。我知道兰有她的抱负。兰很是珍惜现在高中学习机会，本来她是以全校前三名的成绩进入这所重点高中的。而她家里还有一个哥哥，她父母已经为她选好了一个结婚对象，希望她初中毕业以后，准备结婚、工作。在学校老师的劝说下，兰的父母才勉强同意让她继续读完高中。在高中，兰的成绩也是一直名列前茅，还有时间遍读文学经典，希望这场雪可以让这样一个心怀天下的女孩，得到更多的安宁和自由。

　　二十岁时，我和兰在大学宿舍的夜晚，兰在打电话。对方是一位高中同年级男生，虽然他们大学在不同的城市，但他们彼此是相爱的，愿有情人终成眷属。不知为什么电话打得并不顺利，挂了电话，兰伤心起来。冬季的寒夜里，悄悄地落下一场初雪，早晨，女生宿舍外，有个拿着鲜花的访客到来。兰破涕为笑，在初雪中，走出宿舍去迎接她的幸福。听说在初雪表白的爱情是会成功的，相信他们经历过寒冬，会迎来人生的温暖。

　　初雪的降临总是给沉闷的冷空气带来生机，人们欢天喜地去迎接雪的落下，就仿佛惊喜地看到一个委屈许久的孩子终于憋不住"哇"地哭了出来。去热烈地生活吧，寒冷的空气中透着清新，雪薄薄一层覆盖在土地上，给来年的种子孕育着希望，也带来幸福生活的信号。

那一年，下雪天

推开大门，迎面是黑黢黢的傍晚，在南方湿冷的空气下，冬季白天也是黑得更早了。抬头看天，在路灯下一片片雾雨洋洋洒洒地飘下来，终于，有了点下雪的意思。

小的时候，也是这样早早黑下来的冬季傍晚，天气突然降温，我在屋里，对着窗玻璃哈气，屋内火炉把脸映照得通红。外面沙沙作响，冰粒子夹着雨落下来，看样子一场大雪将至，带着期待进入了梦乡。

早晨起床，急忙跑去看窗外，在心里估摸着这次积雪的厚度。到处都像盖了一床厚厚的大被子，这雪太漂亮了，雪花飘飘洒洒降下来，"昔去雪如花，今来花似雪"。早饭是妈妈煮的汤泡饭，还另加个茶叶蛋，这是在冬季食物比较容易储存的时候，才可以吃到的美味。满满的一碗汤泡饭里面，有青菜和米饭，汤是昨天晚上的肉骨头熬制的，茶叶蛋是鸡蛋和茶叶加卤料煮制而成的，香喷喷地吃完，整个人也热乎起来。下雪天，平时上学乘坐的大巴士也停运了，就只能和附近的几名同学结伴走去学校，这一路需要三四十分钟。

走在路上大家也不觉得累，伴着踩雪的声音，一路前行。有小伙伴看到前面长长的冰溜子，马上抢先一步拿到手，玩耍一番。大家在冰雪王国中行走，讨论可以用雪玩些什么游戏。偶尔有相熟的大人走过身旁，还要招呼一下。人家便问："这么大的雪天，你爸妈也不送你上学啊？"我们理直气壮地回答："上学是自己的事情，自己的事情自己做。"就好像冬季还能傲立枝头的梅花一样，不经一番寒彻骨，怎得梅花扑鼻香。

到了温暖的教室，在雪天步行上学的辛苦，根本算不了什么。在干净的白纸上写下笔直的笔画，组成一个个字、一个个句子，一切的辛苦都有了意义。就好像经历大雪覆盖后的青菜，吃起来格外有滋味。这时候的青菜是一年中最好吃的，青菜里的淀粉在植株内淀粉酶的作用下，经水解作用变成麦芽糖酶，还吸收了大量雪里面的养分和水分，口感更加甜甜糯糯。

中午，按照惯例父母已经打过招呼，我会去学校旁边的一个亲戚家吃中饭，省去大雪阻路，来回交通不便。亲戚家做了红烧鲤鱼很对我的胃口，鱼尾巴还是红色的，味道鲜美。吃完中饭，我就去找住在亲戚家旁的同学玩，这名同学就是我那个爱在操场上拔树根、玩泥巴的同桌。我们一起把雪人，改建成一个大大的滑梯，两个人玩得不亦乐乎。后来看到大人在雪地上行走不便，便各自拿个铁锹把路上的积雪清扫干净。下午上课的时候，班主任问我们最近下雪有没有同学做过什么好人好事。我和同桌平时为了一点小事，吹鼻子瞪眼的两个，此刻难得如此团结，互相证明，中午在小区清扫了路上积雪。老师送给我们每人一朵小红花。

一晃，几十年过去了，那个下雪天，我得了朵小红花，笑嘻嘻的样子近在眼前。努力地生活吧，在这样的下雪天，说不定会得到一朵小红花。

培养一颗绘画的心

　　为什么会喜欢绘画，因为这是一个自己和自己相处的过程，只需要自己一个人，有纸有笔就可以随时随地绘画。我坐在桌前，把自己想象和经历的景象展现在画纸上，可以一个人静静地打磨画面。一幅画完成后，如果喜欢可以把画作保留，或送给朋友，"好著丹青图画取，题诗寄予水曹郎"。如果不喜欢，就重新开始再画一幅。

　　我小时候，妈妈听说，绘画可以提高专注力，于是我就多了一个任务，每天中午练习一幅线描。那时我是在日历上画，一年下来就收获了厚厚一本小画册。因为每天都需要画，我把家里能临摹的物品和书本上的图画，都画了个遍。当时很喜欢临摹的绘画图片，是妈妈自己在家做衣服时候，对照着剪裁的一本书，书的后面有上百个娃娃和不同的衣服款式。我的专注力有没有提高不清楚，倒是对衣服的款式有了更多自己的看法。

　　小学二年级的时候，我们有一个绘画老师，是一个50多岁瘦小的老头，白发苍苍，精神矍铄。听同学们说这个老师是个很厉害的绘画老师，教出来不少专业的绘画人才。大家可喜欢上老先生的课了，积极按照老师要求完成作业，等作业本发下来，大家的画画的积极性更高了。因为老师打分不是按照一般的等级批改的甲、乙、丙、丁。每个人都有一个"甲上"，后面根据老师对你的绘画再加上优。画得一般的有一个优，还不错的有三个优，特别好的有五个优，甚至六个优。打开作业本，每个同学都觉得自己是个小画家，笑眯眯地看着本子上红红的"甲上优优优"。

小学的时候，我们学校需要十名同学参加市里的粉笔画比赛，而我有幸通过初选，代表学校参加比赛。粉笔画比赛是有主题的，有可爱的小白兔、雨夜、乡村小景、我的小手帕等。辅导老师把每一主题的绘画都确定好相应的素材、构图和颜色，并且要求大家加以练习。比赛当天，来自全市各个小学的同学，每人一块黑板，在抽签后开始作画。我和我们学校的小伙伴小丽分别抽完签，准备画画。我抽到的是可爱的小白兔，小丽抽到是乡村小景。

可爱的小白兔这个主题不难，我练过很多次，于是心里乐开了花，稳稳地画了起来，不一会我就画好了。我细心地在小白兔旁边，画了两三个胡萝卜，顺利地完成了任务。再看看旁边的小丽，只见她愁眉苦脸，在那里磨磨粉笔，画画擦擦。小丽这次比赛准备得匆忙，有一两个主题，她一次也没有定型练习过，其中就有乡村小景，所以抽到这个签的时候，她整个人像霜打的茄子一样。

画画时间到，接着是评委和大家评议欣赏阶段，我的画和小丽的画两个黑板并排放在一起，反面贴了我们的姓名和学校。小伙伴看了我的画都纷纷向我祝贺，这个主题我很熟悉，这次也是很好地体现了自己水平。小伙伴看了旁边小丽的画，安慰她说，虽然没有准备，但也在规定的时间内画出来，也算不留遗憾了。我仔细看了小丽的乡村小景那幅画，那是我从来没见的一种画法，在大片的农田中，点缀着小小的房屋，旁边是搭配的草垛、大树，像极了外婆家的场景。

最后是颁奖环节，第一个奖项是三等奖，我听到报我的名字，就上台领奖了，接下来是二等奖，也有我们学校的小伙伴得奖，小丽坐在我旁边无精打采。最后公布一等奖，我们听到了主持人让小丽上台领奖，小丽上台后整个人还是蒙蒙的状态。据小丽说，因为没有准备这个主题，她就只能跟随自己的想象去画，我们也真心为她高兴。后来我们学校获得了团体一等奖。这就是绘画，需要努力，更需要天赋、审美以及远在星辰之外的运气。

后来表姐参加美术生高考，姑姑家里给表姐请了个大姐姐教授绘画。我有空没空就往表姐家跑，绘画老师给表姐上课的时候，我也在旁边听，和表姐一起画。有一次绘画老师给我们布置了一个绘画作业，画一朵玫瑰花，我们俩照着一朵花画起来，画完把作品交给老师。她笑着看了看，就指着一幅画说这是姐姐画的，指着另一幅说这是妹妹画的。我们都很好奇，她是怎么知道的。老师说这一朵，高中姐姐画出了含苞待放的韵味，正如青春年少的姐姐。另一朵正如读小学的我，天真烂漫，徐徐绽放。大姐姐教得真好，我和表姐都喜欢上了画画。

现在，有时走在街上，会看到有的辅导机构打出广告标语"30天简单学数学，像绘画一样学数学"。我只想说绘画绝对不是一件简单的事情，虽然有的插画师画出来的作品充满稚气，但那是经过了长期历练的个人特色。可能插画师可以画出和照片一样逼真的作品，但大师们的追求不仅于此。经过打磨后的绘画，还能见山还是山，见水还是水，也是一种境界。

人生的路上，有风也有雨，绘画是在每天必须完成工作和任务之后的一点调剂，在焦虑、烦恼的时候，我有一颗爱好绘画的心，拿起笔就可以开始涂鸦，在绘画中构建出自己喜欢的时空。

小跟班

　　小的时候，我喜欢在空闲的时间，带着画夹和折叠椅出去写生。出了小区就是大片的田野，找块空地，看好远处的风景就可以画起来。有一个我们小区的小姑娘，总喜欢来看我画画，如果有人路过，她还会和人家介绍："姐姐在画画呢，你们不要打扰。"

　　小姑娘比我低两个年级，整天乐呵呵的，总是和我说，姐姐，我不打扰你画画，你愿意我陪着你画画吧，以后每次出来画画都记着叫上我。人家每次都看到我们俩，叫我们画画的和小跟班。家里人和我说要是画画带她的话，要确保两个人的安全。

　　我听说小跟班小的时候生病发烧，当时因为她爸爸妈妈都在工作上夜班，耽误了治疗，所以脑子反应会慢一点，我也听小跟班和我说学习好难，题目不会做，语文还好可以考个良，数学就只能勉强及格。但是小跟班做事很认真，我觉得她的学习没有什么问题，可能就是需要比别人多努力付出一点吧。

　　小跟班心地很善良，别人说的话她都相信。学校旁边，每天都有一个乞丐，假装视力不好在那里闭着眼睛拉二胡，乞丐的前面放一个小碗，乞求施舍。小跟班把自己舍不得花的零钱都给了那个乞丐，还总是念叨人家，那个拉二胡的真可怜，眼睛都看不见，就这样给了一年多的零钱。

　　有一天，我又带着小跟班在田野上写生。有个背二胡的人向我们走过来，我一看正是那个乞丐，看那人眼睛睁得大大的，走路健步如飞，完全没有发现眼睛有什么问题。小跟班也发现了他是那个拉二胡的。先是一愣，然后追着人家，大声地说，太好了，你眼睛好啦。

待那人走远，小跟班才回来，还和我一边比画一边说，我也没好意思说穿，只是说，你以后不用再给他钱了。渐渐地那个拉二胡的也没有到我们学校附近来了，小跟班偶尔还会说，不知道那个拉二胡的叔叔现在过得怎么样了。小跟班说话的时候总是笑眯眯的。

有一次放学，我和小跟班一起走回家，路过小沟渠那边，经常都会有只恶狗冲出来，对着人大叫。我们俩硬着头皮上了小桥，头也不敢回，生怕恶狗出现。忽然看到桥下有个小孩在哭，还在水里面摸着什么。小跟班似乎忘记了狗的事情，跑到桥下面，说道：豆豆你怎么啦。原来豆豆的字典掉到水里去了。

小跟班脱了鞋袜，仔细询问豆豆怎么掉的字典，照着豆豆说的方向，在水里摸了起来。这时候我成了小跟班的跟班，我帮他们提着鞋袜，陪着他们。终于把字典捞了出来，小跟班不忘叮嘱豆豆，回家把字典放到石头上晒晒。印象中，那天的恶狗也是出来叫了几声，后来觉得无趣，也就走开了。

小跟班乐呵呵地说，豆豆和我一样，在班上成绩都是倒数，他衣服邋遢，没什么人愿意和他玩，所以我要帮他，豆豆他父母离婚了，找不到字典的话，他爸爸会打他的。小跟班还说，我和豆豆说好了，每天多做一道题，成绩总会赶上来的。什么事情在小跟班那里都不是难事，她总是笑眯眯的。

好多年过后，我回老家探亲，逛街的时候，看到花鸟市场旁边开了一家工艺品商店，出售很多漂亮的绘画。家里人告诉我，这个商店就是小跟班开的，她后来学了绘画专业，店里很多画都是她自己画的，生意很是不错。不知小跟班是不是当年陪我写生的时候，就喜欢上了绘画，或者是更早。

果然爱笑，心地善良的女孩，运气都不会太差。家里人还告诉我，现在小跟班不但事业有成，还结婚生了个女儿，女儿长得和她小时候一模一样，聪明可爱。真希望什么时候可以见见她的女儿，回忆一下当年小跟班的模样。

颜色的妙用

　　我们生活的世界中，可以看到五彩缤纷的颜色。颜色是通过眼、脑和之前生活经验所产生的一种对光的视觉效应，巧妙地利用颜色能给我们带来惊喜。

　　我们可以通过设计家居环境中的颜色，来调节情绪和状态。家居中的主体布置，一般以淡白色为主调，可以让人平和而宁静。窗台、阳台上放置绿色植物，可以让人调节视力和消除疲劳。卧室的窗帘、被子等呈蓝色或紫色，能够让人放松心情、改善睡眠。书桌边摆放一些橙色、黄色等暖色调的物件，可以提升信心，让人更加积极向上。

　　颜色在生活工作的方方面面都有妙用，比如上海地铁网络规模大，运营的线路达二十多条，还有一些新的线路在不断修建中。这些日常运营的地铁不仅外观是五颜六色的，车厢内座椅等设施颜色各不相同，一般每个线路有一个主调颜色，和地图上的线路颜色一致。比如二号线为绿色，四号线为紫色，六号线为粉红色，九号线为蓝色等。特别在几个线路换乘的站点，不必找寻相关的指示牌，只需沿着你需要换乘地铁的颜色箭头行走，就会来到目标地铁站台，极大方便了出行。

　　学化学的时候，喜欢用 pH 试纸做试验。小小一张无色的纸片，把溶液滴在试纸上，试纸就会呈现不同的颜色，将其与标准比色卡对比，判断溶液的性质。标准比色卡好像尺子一样，可以检测溶液的酸碱度。现在是绣球花盛开的季节，一丛丛开得煞是好看，绣球花好比植物界的

pH 试纸，花朵的颜色随着土壤的酸碱性不同而不一样。如果土壤呈酸性，绣球花是蓝色的；如果土壤呈碱性，绣球花就是红色的。绣球花还会因为酸碱性的微弱差别呈现出不同色调的蓝和粉，这也是种绣球花的乐趣所在，在它开花之前，你无法知道会收获什么颜色的绣球花。

学绘画的时候，知道红黄蓝是颜料的三原色，我们可以在调色板上用这三种颜色，配出各种各样的颜色。根据配比的三原色种类，以及数量的差别，从而幻化成色彩斑斓的画面。生活中我们总是希望阳光明媚、绚烂多彩，如果天阴暗下起雨来，也不要灰心丧气，雨过说不定有美轮美奂的彩虹。"一年好景君须记，最是橙黄橘绿时。"让我们拿起手中的调色板，调出属于自己的橙黄橘绿。

早起益处多

清晨天蒙蒙亮，整个世界都是安静的。早起者是孤独的，而在前进路上，勇者往往都是孤独的。早起是一种自律，自律的生活总归不会太差。俗话说：一日之计在于晨。

早晨对于学生是个好时光，有晨读的、有做操的。我的经验是早晨起床就餐后，直接拿本书和铅笔找个开阔的地方，或在操场角落或在大教室开始学习，哪怕是需要理解的数理知识，早上研读也是不错的选择。每天早上对自己的知识结构进行梳理，有利于后面一整天的知识吸收。

早晨对于上班族亦是好时光，有晨跑的、有听新闻的。清晨，盘一盘今天需要完成的事情，按照轻重缓急进行排序，一般先处理难点问题。在九点半之前完成攻坚克难，如果还有疑难点，不是很急的话，可以经过一天的沉淀，第二天早上再做处理。早上高效完成进度，为后面工作打下良好的基础，一整天都可以快速、顺利地完成大量工作。

《瓜州续志》有句谚语：早起三光晚起三慌。就是说，早上起来得早，能看到日、月、星"三光"，诸事可沉着有序、忙而不乱；起来晚了，人的精、气、神便都容易慌乱。对于习惯早起我是感同身受的，一天早晨起得早，则许多事都办得周全；起得迟，则许多事都办得忙乱。

早起就可以好好吃早饭。大家都知道早饭要吃得好，但是只有早起才有时间做丰盛的早饭，起得迟的话，连吃个丰盛早饭的时间也不够。早起才能早睡，每日早起后，人渐渐地就形成了条件反射，早起高效地工作，然后晚上可以早睡，第二天又可以早起，养成健康的生活方式。早起对一天的工作任务以及各项活动的时间节点进行规划，早睡对一天进行复盘，在进程上反复推敲。早起的人比迟起的人，每天可以多出几个小时，日积月累就可以产生巨大的差距。

　　早起有利于养成一个好的习惯。"每个清晨，都是对人生的一次邀请。"早起固定几个小习惯，就能形成惯性保持下去。清晨起床，活动活动筋骨，喝一杯温水，有利于身体健康。让我们早睡早起，日出而作，日落而息，跟随着大自然的规律来生活。早起的你会发现，记忆力变好了，思路更加清晰了，调整好生物钟，保持良好的精神状态，一切也会变得更加自如。

冰爽夏之饮

炎炎的夏日，吃上一口冷饮或喝上一口冰镇饮料，真的是一种享受。

在学校门口，最受同学们欢迎的是青年商店，它开在体育中心和学校中间。在夏季，里面有两个大冰柜，各类冷饮品种齐全。青年商店里面，最便宜的冰棒一毛钱，上面有一半是红豆或绿豆。不像外面的小贩背着个自制木头冰柜，里面垫着棉被，小贩那里有五分钱一个的冰棒，只是一种有甜味的冰棒。

青年商店里面最贵的冰淇淋需要一元，难得吃上一次，算是天花板级别的了。最常见的是两毛钱的奶油雪糕，三毛钱的巧克力雪糕，五毛钱可以买上很好的花脸、蛋筒、香蕉冰淇淋、草莓冰砖等。还有各式各样的饮料，有橘子汽水、可乐、雪碧等，装在玻璃瓶里面，买上一瓶，现场启开瓶盖，喝完后把瓶子还给商店，售货员再把玻璃瓶的押金还回来。

等暑假正式开始的时候，学生们都到住宅区的暑假班报到，每天在暑假班的大礼堂学习和玩耍。这时候单位住宅区正对面的冷饮门市部也开门了，家家户户的员工都有发冷饮票，凭票可以在门市部购买冷饮。冷饮门市部属于单位的下属部门，里面的冷饮有自制的，也有批发的。基本市面上有的冷饮都有，点上一杯门市部备受欢迎的自制苹果汁、菠萝汁，装在一种又大又厚的玻璃杯里，里面加了橄榄、话梅之类的，端着大玻璃杯坐在门市部的卡座里，享受冰镇饮料带来的清爽。

暑假班下课后，我们就夹着书本到礼堂前面，那是爸爸他们的办公室，有的时候他们也在准备下班了，都在打扫卫生，每个人大汗淋漓。办公室的小伙子带着我们，拿个水桶和冷饮票，直接去马路对面的冷饮门市部，用冷饮票换回来一桶冷饮，每个办公室的人员都拿上一份，大家一起吃着喝着冷饮，整个人一下凉爽了。

晚饭的时候，如果家里来了亲戚朋友，一般情况下，家里的菜不是很够，就去住宅区的岔路口买卤鹅。那家卤鹅店做了十几年了，口味很是不错，一份卤鹅，一份素鸡，外加一瓶酒和一瓶橘子汽水是标配，橘子汽水自然就是我的啦。大人们推杯换盏，"呼儿将出换美酒，与尔同销万古愁"，我则拿个吸管喝着专享的饮料。

那个时候，我们家里面还没有冰箱，夏日里也不会买很多菜，吃食一般都放在木质碗柜里面。如果有需要冰镇的饭菜什么的，都放哪里呢？在厨房的水池边有个好地方，水槽有两个，左边的比较大，贴了白色的瓷砖日常使用，中间是一个水泥质的搓衣板，右边是一个小小的水槽，堪比小冰箱的功能。常年阴凉，流水不断有凉气，食物在那里放置一两天，完全没问题，西瓜和饮料放在那里，也会起到一定的冰镇效果。

晚饭后，有的时候会散步去姑姑家。夏日里，姑姑家自制的饮料不断翻新，有时是酸梅汤，有时是绿豆百合汤，还有的时候是冰牛奶，每次我过去，都会给我倒上一杯，那些饮料的滋味完全不比外面卖得逊色。

不知从什么时候开始，父母出差，问我需要带什么礼物回来，我的首选都是饮料。有一次，带回来的礼物是一种汽水，汽水喝完了，汽水瓶还可以当作水壶，比我想象得更完美，真是个有创意的小礼物。冰爽的冷饮，给我带来了整个夏天的快乐。

拼接时间

　　步入中年的我们每天被各种事务充实，在生活中，上有老下有小，每个人的需要和感受都要照顾到。在工作中，既要学习老同志的经验，又要和年轻同志一起更新知识、理念和方法。正所谓："盛年不重来，一日难再晨。及时当勉励，岁月不待人。"处在这个尴尬的时节，不容有一丝失误遗漏，只能兢兢业业地做好每一件事，每小时每分钟都安排得明明白白。

　　即便如此，我们也需要掌控时间，提高工作学习效率，享受生活。拼接时间可以是见缝插针工作法，早起对一天的工作任务，以及各项活动的时间节点进行规划，早睡对一天进行复盘，在事情和进程上反复推敲。总结一天，能够做到规划的80%以上，就是很完美了。在办公桌上将当天需完成的事项，一一书写在便利贴上，利用一段段时间处理完成，看着一张张便利贴逐渐减少也很有成就感。

　　拼接时间可以是忙里偷闲生活法。比如，在乘坐地铁的上下班途中，锻炼身体；在水房泡茶的时候吃个水果，补充维生素；下午上班前，去附近的咖啡店点一杯咖啡，享受片刻咖啡时间。陪伴家人的时光，也是自己的休闲时间。陪老人逛商场和超市，自己也可以购买一些生活用品；陪孩子学习，自己也可以同时进行充电；周末的时候，从采购到烹饪到摆盘，随着一道道色香味俱全的家常菜摆上桌，自己的厨艺得到提高，也是增添了不少生活的乐趣。

拼接时间可以是化整为零的日积月累。擅长收集和整理，一年年过去，翻看记录就会收获很多。出门游玩时，随手拍照，整理成电子相册，或者打印成图文并茂的形式，过几年翻看，都成了美妙的回忆。收集孩子们的奖状和证书，翻看时就会想起，曾经的点滴付出和不断坚持，也是他们继续努力的动力。在电脑的文件夹中，收集自己发表的文章和绘画作品，随着数量的增长和质量的突破，给予我继续前进的勇气。

时间对于每个人来说都是最公正无私的，但愿大家都能好好把握它，它也会回馈给你最好的回报。

我陪儿子学游泳

前段时间，小区附近的健身房有个优惠活动，平时也有其他家长推荐过这家健身房的游泳馆，我便给儿子报名了游泳课。

刚开始，儿子借助浮板练习泳姿还算顺利，基本手臂和腿部的分解动作都已掌握。接下来开始学习闷水，一两节课下来，呛了几口水，就打退堂鼓，不想再学了。这时候只能在家做心理辅导，只有克服了心理上的害怕，才能继续学习下去。此外还需积极寻找解决办法，一方面在家里拿出个盆装满水，让他在家戴个泳镜，练习闷水的节奏，找找感觉；另一方面，在泳池的时候，克服对水的恐惧，只要不沉下去，任何动作都是允许的，这时候连狗刨的动作都出来了，虽然不太好看，但是儿子就此找到了信心。

练习蛙泳时，手分开向斜下方压水，有一种拨开的感觉，蹬腿时使脚掌与水面的接触尽可能大，然后头浮出水面进行换气，换好气头要下水时收腿，儿子学会了第一个泳姿蛙泳，像一只小青蛙一样在泳池里一上一下，一开一合，同时配合着有节奏地抬头呼吸。游泳不仅能强身，塑造身材，帮助长个，在冬季坚持游泳，还能够增强抵抗力，更是我们在某些情况下的自救方式。只要有了信心和恒心，有规律地坚持学习游泳和锻炼，最终一定能学成。

每周我都带儿子去健身房的游泳池，学习游泳。在一个秋冬衔接的季节、工作日的晚上，从游泳池边一眼望去，能在工作之余坚持游泳，还是很自律的。泳池里人不多，有的在泳池边热身；有的自己一趟趟来回地游；有的带着孩子在水中玩耍。泳姿也是各种各样，有的在蛙泳；有的在蝶泳；有的在自由泳；还有的戴着脚蹼在水里翻跟头呢。

在良好的游泳运动的氛围下，儿子又开始练习自由泳，借助游泳池的墙壁，双脚用力蹬，有助于使身体保持水平。用腿打水花，头尽量与水面保持水平，这样慢慢练习等到能浮在水面而不沉，再结合手上动作则很容易学会。手臂内划的时候，腿开始往下打水，然后手臂上划，此时头往侧面浮出水面以换气。这时结合腰部的力量，只要把握了要领，第二个泳姿也逐渐学会了。

曾经在学习游泳的瓶颈时期，儿子认为游泳太难了，几乎是无法完成的任务。这时家人纷纷出主意，给儿子打气鼓劲。同时学校也恢复了每周一节游泳课的教学，儿子在同学之间的交流中，逐渐树立信心，学会了游泳。这一个学习游泳的过程，将是孩子人生路上宝贵的财富，遇事不要着急害怕，多想办法，多和家人朋友沟通，总会有好的结果。用现在的一句时髦语：努力吧，总有好事会发生。

值日生那些事

学生的生活总是离不开做值日生，小时候值日是一件快乐的事情，需要负责白天的擦黑板、洒水，放学后的大扫除工作。大家参加集体劳动，既体会到了团结合作的力量，又能感受到劳动的光荣。

我们低年级的时候，每天的值日生是老师安排的，老师根据我们的居住地址进行人员分配，我们小区离学校最远，需要乘坐班车上学，老师说让我们小区同学周末值日，他也和我们一起值日，差不多两周轮到一次。

每次和老师一起值日，总是效率非常地高，大家各司其职，高个子擦黑板，力气大的同学拖地板，我们先洒水、扫地，再擦桌椅，然后擦窗户，最后拖地。不一会儿就把教室打扫得干干净净，一眼望去窗明几净很有成就感。一次擦桌椅的时候，有值日生在桌肚里面，发现了一个苹果，便拿了出来，等我们劳动完成后，老师把苹果洗净分成八份，老师笑着对我们说，与其放在教室被老鼠吃还不如我们吃了，于是我们每个人洗净劳动后的小手，拿起一份香甜可口的苹果吃了起来。

高年级的时候，老师选择一名同学担任劳动委员，有关劳动值日相关的事情，统统授权于劳动委员负责。劳动委员刘琪，此人可不是好惹的。刘琪每学期都合理安排好同学的值日表，并定下惩罚规矩：一是如果当天的值日生没有完成任务，则第二天继续值日，罚扫一天；二是如果哪位同学特别邋遢，在教室里乱丢垃圾，则和值日生一起留下来打扫卫生。

建桥就属于第二种情况，他们家是老来得子，可想而知非常宠爱。每天在教室里不是鼻涕乱抹，就是随地吐痰，有一天劳动委员刘琪就让建桥留下来做值日生。到了放学的时候，建桥的爸爸骑个摩托车在学校门口等建桥。放学后，建桥一溜烟地跑出了校门，坐上他爸爸的摩托车准备回家。刘琪书包也没来得及收拾，追到了校门口，一边跑一边喊：建桥，快回来做值日生。建桥的爸爸已经开始发动摩托车，刘琪一个箭步追了上去，建桥爸爸连忙停下了摩托车。

刘琪大声说：建桥快回去值日，一屋不扫，何以扫天下。建桥乖乖地回教室做值日，他爸爸也在一旁帮忙。建桥爸爸仔细打扫了他儿子的桌肚，实在是不忍直视，墨水瓶打翻后，黑色墨水到处都是，还有这一周以来，早上没有吃完的包子，下午吃剩的苹果核，有的都已经长毛了，椅子旁边的地面上也是一摊脏水。在建桥爸爸的帮助下，教室终于被打扫得焕然一新了。他爸爸很是惭愧，回去教了建桥一些良好的卫生习惯，并积极培养他的动手能力，还去医院给建桥的鼻炎配了一点药。在劳动委员的带领下，我们班再也没有小邋遢，学习的环境也更加干净、整洁。

长大后，每次遇到执行力很强的人，都会不自觉地想起我们班的劳动委员，那些童年的故事中，稚气里面还透露着真诚，不知道你还记不记得班上的劳动委员呢。

租房岁月

　　那是放寒假前的一天，我在教室里看电视，冬奥会韩晓鹏夺冠，这时我接到一个电话，是面试的省城一所艺术类院校，他们录用我去教大学语文。我想，这是我最好的归宿了吧，虽然好多同学挤破头想去北上广，而省城这种二、三线的城市更适合我。回老家的省城里教书，对于我一个乡下姑娘来说，是个不错的归宿。眼看九月，学校快开学了，我才知道学校是不提供年轻教师住宿，这就意味着我需要自己租房子，找了好久也没有找到合适的房子。我对租住的房子要求不高，一要离学校近，二要安全，三要便宜，毕竟教师的工资也不高。

　　最后好不容易找了个出租屋，出租屋在我们学校旁边的大集市里面，一个两层楼的铺面。楼下房东卖一些瓷器，中间有个小天井，后面的两间屋房东自住，楼上两间房间，自从房东儿子媳妇搬走后就出租了。我住其中一间，还有一间租给了附近一个国企上班的男生住。稳定下来后，我开始细品生活。工作做得还不错，我当了主持班的班主任，教授几个班语文课。租的房子虽然条件比较艰苦，但这些都还好办，不好解决的是房东老太太对我的态度很差，经常念叨，要不是儿子媳妇搬出去住，也不会把房子租给外乡人住。

　　房东老太太虽然口头上说你们是知识分子，对我们却很苛刻，不让我们使用小天井里的卫生间，每次都需提前把房租打到她卡上，水电费基本是我和隔壁的男生全包了。自从十月我表妹来省城培训学习，在我这里小住了个把月，虽然，我已经提前征得房东老太太的同意，但是她的不满还是更多了。毕竟人在屋檐下，大家不开心也不是个事。我给自己定了十六字方针："心志要苦，意趣要乐，气度要宏，言动要谨。"这是指导思想、过好自己的小日子、不和他人计较长短的。在行动上也想了三招，对付这种人，我才不怕呢，自有一套办法。

第一招小恩小惠。早上房东老太太又和我唠叨，你表妹昨晚回来得迟，在楼上走来走去，吵得我都睡不着。我晚上下班买了点老太太喜欢吃的糕点和水果，让表妹给她送过去，表妹回来说，老太太笑得眼睛眯了起来，直夸女孩子们懂事。第二招投其所好。我知道老太太挺喜欢看一个省城电视台的生活访谈栏目，恰好其中一个实习主持人，就是我们班的一个学生。那天，正好几个学生在商量班级组织活动的事宜，没想到这老太太眼神还挺好，一下就认出实习主持人，热情地和他拉家常，打听栏目。第三招小事着眼。正所谓"勿以恶小而为之，勿以善小而不为"。房东岁数大了，出去打热水不方便，我去水房打热水的时候，就顺手把她的热水瓶也给装满了。楼上有个小的厨房，隔壁男生喜欢烧菜，周末他会叫上我和他的同事聚餐，每次他烧完菜，我都会把楼上厨房打扫得干干净净。楼上的地板和晾衣服的台面也是收拾得像镜子一样。

房东老太太也在逐渐改变，脸色不似以前难看，逢人便说有文化的人就是不一样，看我家楼上的两个租客把楼上打扫得多干净。那天突然下起大雨，我想起二楼露天阳台上还晒着衣服，心想衣服都淋湿了。等我回到出租屋，雨已经停了，房东老太太已经把被单和衣服收到了走廊上，太阳出来了，阳光照在人的脸上真舒服。从学校出来走上工作岗位，我遇到了一些人，增长了一些社会阅历。可能每个人都或长或短有过"寄人篱下"的日子，不要丧气做好自己，把事情和人情想清楚做明白，阳光自然会照进来。

疫情下的岁月时光

冬季来临，我陪女儿去东方路锻炼身体，又来到了久违的街道，上次来还是很久以前，那时还没有疫情。我们一边慢跑，一边看看街道和门市的变化。马路上，还是暖暖的橙色路灯，在夜幕下，车辆安静地滑过路面，笃定地奔赴各自目的地。

在十字路口有一家小小的便利店，平时服务白领、学生和附近的居民。在疫情之下，垃圾分类和环境保护的工作进程并没有被耽搁，一切都在有条不紊地推进。便利店的门口有一个简易的干湿分类垃圾桶，现在连小学生都能准确根据类别扔垃圾。在便利店买上东西后，一般都是用自己带的购物袋，直接带走。如果需要装袋的，店里是不会提供一次性的塑料袋，可选择布质的购物袋，长期使用。

小便利店的门朝向南面，本来靠东是一面落地窗，窗边是一排简易桌椅，点了简餐的人们可以在这里落座进食。现在落地窗和桌椅都没有了，取而代之的是一面墙，墙的另一面是一家新开的小小熟食店。但便利店店里的简餐却没有减少，有鱼肉饭团、味道清新的蔬菜小卷，还有牛肉手卷、鸡丝手卷，这些都可以直接在店内加热。还有热乎乎的从锅里出来的关东煮和卤鸡蛋。东面的熟食店有几个店员在忙碌着，里面荤菜、素菜、豆制品的选择很多，大大方便了匆忙赶回家做菜的人们。一家店改成两家店，两家的成本都有所降低，还解决了更多人的就业问题。

沿着街道一直走，走进经常去的牛肉面馆，里面的布局有了一点变化，柜台增大，从厨房一直延伸到门口，桌椅的摆放也更加稀疏。老板笑着迎出来，让我在手机上直接点餐，这样大家都更加方便，也减少了接触。不知在这样的情况下，店里的生意会不会有什么影响，而络绎不绝的外卖员进出，打消了我的顾虑。柜面上整齐地摆放着一排排外卖，它们被一批批传递出去，这周边有不少办公楼，在这样一个加班的冬夜，只需在手机上选好晚餐下单，便可以吃上一份暖暖的牛肉面，整个人也被治愈了，加班的干劲更足了吧。

2022 年在疫情最为紧张的时刻，大家都响应号召，宅在家里面。这种情况下，快递员是我们和外界紧密联系的纽带。他们准确无误地将我们的包裹投递安放在小区门外的架子上，贴上便笺条，电话或短信通知居民及时收取快递。作为回馈，居民和白领们在小区门口、办公楼为快递员准备好茶点和休息的场所。温暖与善意在人与人之间传递，信任与支持在社区逐渐建立。

2022 年我们一直坚持防疫"三件套"：科学佩戴口罩、保持社交距离、注意个人卫生；牢记防护"五还要"：口罩还要继续戴、社交距离还要留、咳嗽喷嚏还要遮、双手还要经常洗、窗户还要尽量开。我们注重团结合作，贡献自己的一份力量，冬天来了，春天也不远了吧。

野生动物园游记

2022年春节放假期间，许多地方虽然没有明令禁止出行，但是建议春节期间要合理安排行程，非必要不出行。我们一家也没有回老家，在手机上给爷爷奶奶、亲戚们云拜年。

大年初一，我们一家来到上海野生动物园。今天天气还不错，一进门就可以看到，迎宾的动物在游览车上，由饲养员牵引向游客们表示欢迎。

园区分为步行区、车入区和水域区，我们一行先去乘坐门窗封闭的大巴士，进入车入区。车入区的动物为散养、放养状态，有食草动物展区、猎豹区、狼区、马来熊区等，车辆缓缓进入，游客在车上观赏。每个区域之间是完全隔开的，车开出一个区后，身后的门关上，车往前开出一段路，前面一个区的门才打开，这样避免了不同种类动物互相串门。迎宾的动物好似是轮值上班，而休息的动物在各自的区域打盹、吃饭、玩耍。

从车入区出来，来到太阳广场观看动物行为展示。有一个节目是观看大鹦鹉表演，它们可以嗑瓜子，还能低空钻圈飞翔，大鹦鹉展翅在空中翱翔，五彩的羽毛得到了很好的展示。从太阳广场出来，可以看到鸟类展示，有几只鹦鹉和刚才表演的鹦鹉是同一类品种。大家纷纷笑谈，刚刚表演的鹦鹉是技术工，是不是可以吃到精细一点的饲料。而在这里展示的鹦鹉是普通工，需要工作的时间长一点。

水禽湖为一百多亩大小的水域，中间有一小岛，栖息着各类天鹅、鹈鹕等水禽。大大小小的天鹅等水禽在湖边戏水游玩，湖边的小道上设有各类喂食饲料的投币机，游客可以购买相应的饲料给水禽喂食。平日里，高冷的白天鹅、黑天鹅在湖中顾影自怜，但它们在湖边抢食的时候完全不顾优雅形象，勾着脖子准确地啄食游人撒下的天鹅饲料。

旁边的大熊猫展区围满了人，里面两只熊猫宝宝趁着好天气拉伸筋骨。它们不像隔壁的熊猫在半倚着吃竹子。这边两只熊猫宝宝，一个在山坡上爬杆，另一个过来拉，不一会儿它们互相头抵着头，翻滚到小山坡下面，非常的萌宠可爱。

企鹅展区里面的企鹅也从空调房出来，在水域区间活动。除了一只企鹅在岸上眯着眼睛一动不动，其他的企鹅都在水里，它们应该都没有开始游，只是在水里泡着。这时饲养员带了一桶新鲜的鱼来给它们喂食，饲养员一来，就从水桶里面拿出三四条鱼，直接喂到岸上这只企鹅的嘴里，难道说这只企鹅不下水，就是为了在这里等饲养员。

这时饲养员给我们介绍起企鹅的生活环境和品质，以及如何通过翅膀上的标记识别企鹅的年龄。而他刚刚喂的那只企鹅是这群企鹅里最小的一只，只有一岁多，只有这只企鹅需要将鱼直接喂到它嘴里去。说完饲养员拍拍这只最小的企鹅，让它也下水活动一下。饲养员均匀地给水下的企鹅分发小鱼，并且介绍在冬季增加了一种脂肪含量高的小鱼。企鹅们开始游动起来吃鱼，游的时候不像鸭子，它们的脚是不动的，通过翅膀滑过水面，游动的速度非常快。企鹅在这仿生态的生活环境下，过得无比悠闲自得。

今天和动物们度过了开心的一天，我们要把今天的精彩瞬间，整理成照片发给远方的亲戚朋友，让他们分享我们新年的快乐。

蒿香一家情

当人离开故乡的时间越长、距离越远，故乡的印记才会越来越清晰。即使自己觉得已经融入了新的环境，但是故乡的胃不会骗人，思来想去还是故乡的饭菜最可口。我尤其怀恋家乡的一种食物——蒿子粑粑。蒿子是一种野菜，春季采摘制作食用，在我国吃蒿子粑粑的地域主要是长江以北、淮河以南以及其他一些地方。

蒿子粑粑自古以来，其食材和生产过程，都适合人们以家族为单位协作完成，人们围坐一团共同分享食物，由此激发人们团结合作的精神。估计在神农尝百草时代，先民们就知道蒿子可以食用了，祖先迁徙来到长江、淮河等水域附近。先人背着干粮、农具、种子等，携妻子儿女，其间跋山涉水，历经千辛万苦，最后定居下来。由于物质条件和劳作环境的要求，当时的先人发明了蒿子粑粑的制作和吃法。

我们家乡习惯在清明前后吃蒿子粑粑，以这种食物表达对先人的纪念，由于野菜蒿子的温良的食材特性，蒿子粑粑还是春季特有的辟邪食物。小的时候不以为奇，每次清明时节去乡下扫墓，乡下的亲戚们便开始忙碌起来，我们可以吃上新鲜的蒿子粑粑，临走时还可以带上一些。这些亲戚们和我们都是同一个姓，近得像什么我爷爷的兄弟姐妹家的孩子们，还有一些关系要远一点，见面按照辈分称呼。

每年伯父们都会在村口迎接，把几大家扫墓的亲人聚集在一起，大家一边喝茶，一边聊聊村里的经济发展。有几年村里的收成不是很好，或有水灾、虫灾等。爸爸他们从外面回来的人们，马上给族人想办法。他们给村里介绍水利系统的工程师，规划水渠引水；或介绍农技站的工作人员，有针对性地杀虫除草；引进新的水稻品种，增加产量。每次交谈完，大家都喜笑颜开，对来年的生活生产有了更多的信心。

伯母们手脚麻利，采摘下新鲜的野蒿，清洗、晾晒、细切，然后再混进主食或是糯米或是米粉，配以腊肉丁，在大锅里蒸煮至全熟并放凉后，捏成圆饼状摆放在簸箕里面。待吃的时候取出，放入油锅中两面煎至金黄，热腾腾的蒿子粑粑就可以端上桌了。扫墓归来，一大家族的人们团聚在一起，吃着可口的饭菜，蒿子粑粑入口后外脆里糯，口齿间留有淡淡的蒿香。

现在故乡的各个大饭店里，也有蒿子粑粑，清明前后，一家人团聚之时，点上这样一道点心全家分享。若是走亲访友，拜访远离家乡的故人，带上蒿子粑粑，也是极为用心的礼物，很受大家欢迎。蒿子粑粑象征着蒸蒸向上的凝聚力，伴着一家人互帮互助的传统，蒿子粑粑散发着淡淡的蒿香，使人们更加珍惜这份浓浓的亲情。

妈妈的歌

　　我的爸妈在我上小学以前，因为工作关系而两地分居，那时候我和爸爸生活在一起，每到周末妈妈才能回家和我们团聚，妈妈对于我来说是一个模糊的存在。

　　周末的时候，妈妈披着晚霜推门进屋，我都已经上床准备睡觉了。妈妈就会来到我的床边轻轻拍着我，给我唱首歌哄我入睡。"在那遥远的小山村……我那亲爱的妈妈……妈妈曾给过我多少吻……妈妈的吻甜蜜的吻，叫我思念到如今"。周末结束后，妈妈就收拾行李奔赴工作岗位了，临走的时候，她会在我的脸庞或额头上亲一口，嘱咐我在家乖乖听话，那些甜蜜的吻啊，有多少离别就有多少吻。妈妈不在身边的日子，晚上我睡在床上，迷糊中总是在想，那个遥远的小山村在哪里啊，我要去找到那个小山村，找到我亲爱的妈妈。

　　工作日期间，有时候幼儿园放学，我已经到家了，爸爸还没有下班回家。我就一个人搬个小板凳坐在院子门口，在爸爸妈妈没有回来之前，我要把家看好。有只小猫来了，小猫你快回家找妈妈去吧，我把小猫轰走了，家里有个鱼缸里面还有几条小金鱼，给小猫看到了可不妙啊。有一群小鸡来了，小鸡们快回家找妈妈去吧，它们要是进了家门，家里就会变脏变乱的，我把小鸡们轰走了。终于爸爸下班回家了，提着一条大鲤鱼准备给我烧晚饭。在门口看家门好累啊，我于是哭了起来，我不要吃鱼、不要吃晚饭，我要妈妈，妈妈在哪呢？

　　爸爸从厨房走出来，抱起我来和我说，你看这条鱼就是妈妈让人带回来的。我看着爸爸问，妈妈工作的地方有鱼啊？是的，妈妈上班教书的地方是个好地方，那里有大河、有大湖，旁边的居民早上乘船去湖里撒网，晚上回来收获满满一船的大鲤鱼。这时广播响起，在唱一首歌："洪湖水呀浪呀嘛浪打浪啊，洪湖岸边是呀嘛是家乡啊，清早船儿去呀去撒网，晚上回来鱼满舱。"你听就和歌里面唱的那样，我笑了起来，乖乖吃饭大口吃鱼，晚上上床香甜地睡着了，梦里有船、有渔网、有大鲤鱼。

　　有一个周末，爸爸带我乘汽车去妈妈上班的地方，这周妈妈在学校里合唱彩排没办法回家了，我们去妈妈学校看合唱表演。那天可真开心啊！一路上看到了小山村、大湖和大河。我们在学校大会场，看见妈妈带着学生们在唱歌，会场的旁边很应景的就是一条大河，大河里面还有各式各样的船只。妈妈坐在钢琴旁边，给学生们伴奏领唱，她那齐肩的黑发，和电影里面的歌唱家一模一样，于是我记住了那首歌："一条大河波浪宽，风吹稻花香两岸……我家就在岸上住，听惯了艄公的号子，看惯了船上的白帆。"下午就是正式的学校合唱表演了，每个班级轮流上台演唱。好多熟悉的歌曲啊！有《妈妈的吻》，有《洪湖水浪打浪》，还有《我的祖国》。回家以后，幼儿园的老师笑嘻嘻地对我说，听说你去你妈妈的学校看合唱表演啦，都有什么歌曲啊，我和幼儿园老师说有好多好听的歌，还有三首妈妈的歌，大家都笑了起来。

　　如今我长大了，国家人民的生活条件比以前更好了，我们年轻人因为各种原因在外打拼。多少次在异乡，在黑暗的夜里，我在心中反复吟唱那些属于我的妈妈的歌，每一首歌都有一种意境，闭上眼睛还可以看到丰富多彩的画面。有时女儿在我身边会小声地说：妈妈我睡不着，你能给我唱首歌吗？什么歌呀？《我的祖国》吧，妈妈不是说，我在你的肚子里的时候，听的就是这首歌。是啊，现在这首歌是专属于女儿的妈妈的歌："一条大河波浪宽，风吹稻花香两岸……这是英雄的祖国，是我生长的地方，在这片古老的土地上，到处都有青春的力量……"

雨伞、灯和红领巾

　　这天放学后，我坐在办公室批改作文，每次中学生入学的第一篇文章，都会让学生们写"生命中的一盏灯"。作为班主任和语文老师，通过这篇文章可以侧面了解学生们的生活学习情况，也希望他们能够明白即使生活中有黑暗和乌云，只要心中有一盏灯，就可以指引前进的方向，坚定生活的勇气。

　　不知不觉就批改到了晚上，小云的作文给我留下深刻的印象。我知道小云的母亲在她很小的时候就患病去世了，现在她和父亲相依为命。她的父亲白天去面包店做面包，晚上在家里的缝纫机上做点衣物贴补家用，真的是又当爹又当妈，很是辛苦。小云每天晚上在家里等待父亲回家，她在她家靠近路口的窗台上点上一盏灯，照亮父亲回家的路。

　　当我走出办公室的时候，已经雷电交加刮风下雨了，我拿了把伞往家里奔，中学生们的作文已经批改完成，作为一个小学生的妈妈，我得赶快回家陪伴我的女儿了。这时，街角有个瘦小的身影闪现，小云推了一辆自行车在风雨中跑起来，显然她还不会骑自行车。我走过去，给小云把伞打起来，小云告诉我，她爸爸在家里给人家做衣服，她趁机出来把她爸爸的自行车推去车行，补好车胎并且维修了车链条一些零件，这样不会影响她爸爸明天上班。

　　小云指了指路边的拐角，说她爸爸下班回来，这里没有路灯，所以碰到了玻璃扎破了车胎，自行车也摔坏了。我看看街角，那里正好就是我们家的小房间。小云说老师你回家去吧，到前面小学门口的那排房子那里，我就到家了。看雨下得大，我坚持将小云送回家去，从她家里打开的门看见，窄小的房间中央，小云爸爸坐在缝纫机边劳作。我暗暗记下小云爸爸从面包店下班的时间，回去后让家人每天这个时间段把小房间的灯打开，照亮和小云爸爸一样夜归人的道路。

有一天早上，我去送女儿上小学，在学校门口，看见小云。她冲我招招手，引着我和女儿来到她家。小云说："老师我爸爸和我说了，谢谢你们每天把小房间的灯打开，照亮了黑暗的街角。妹妹的红领巾都已经旧了，看，我爸爸帮小学生新做的一批红领巾，给妹妹换上吧。"说着小云就帮我女儿换上了新的红艳艳的红领巾。

女儿戴着新红领巾上学校去了，作为少先队员，她也会渐渐理解在生活中与人方便，帮助他人的意义。这就是所谓"赠人玫瑰，手有余香"。生活的道路不会一帆风顺，大家需要相互扶持，给他人帮助和关心，把温暖留在心中，希望在未来可以被世界温柔地对待。

第一次请客吃饭

　　小的时候，经常看见大人请客吃饭，自己还没有机会，请同学到家里吃饭。那天是燕子说她爸爸妈妈回外婆家了，要到晚上八九点才到家。燕子和我是远亲，不久前我还在燕子家吃过一顿饭，我觉得不管怎么说，都应该邀请燕子到我家吃饭。于是我们几个商量一下，最后决定，放学后，邀请燕子、小玉、丽丽三个客人到我们家去吃晚饭，这是我第一次请客吃饭做小主人，我得做出个样子来。

　　印象中，小朋友到我们家做客也是有的，比如什么大人互相拜访的时候，如果有带小朋友的话，都是我负责招待的。大人们在那边"晚来天欲雪，能饮一杯无？"我带着小客人玩过家家。还有的时候，小区里几个好朋友互相过生日，那也是大人帮忙准备好礼物和蛋糕，到小朋友家去做客。小朋友家里准备饭菜，我去给人家祝贺生日。这次不一样，是我自己做主邀请人家来吃晚饭的。

　　回想一下，最近一次去燕子家做客，燕子这个小主人就做得很好。那次是学校组织看电影，六点多才散场，天色渐暗也到了晚饭的时间，燕子家在电影院旁边，她便邀请我到她家吃了晚饭再回家。那天燕子带我去看了她家种的金银花和葡萄，还和她们院子里的小孩玩了一会儿扑克牌，吃完晚饭以后，我才高高兴兴地乘公交车回家去了。

　　说回那天我第一次请客吃饭，我、燕子、小玉和丽丽一行四人，积极完成作业，然后乘公交车从学校出来去我家。正好妈妈在家，我和妈妈说明了原因，妈妈就着手买菜给我们做起了晚饭。我让大家把书包放好，给他们倒了水喝，然后领着她们去附近的公共电话亭，给她们家人打电话，她们和家人沟通好了，就可以安心在我家玩了。

　　我盘算了几个必须去参观的地方，第一个是田野边的一个沟渠，那个差不多是我们能跨过去的最宽的沟渠了，我走到那里，跨了过去，然后向她们比画并传授技巧，最后在大家的努力下，我们四个都跨了过去。然后奔向第二个景点，沟渠旁有块大石头，像个大躺椅一样在河边，旁边还有一棵很大的柳树。大家也都很喜欢，抬头看看柳树，低头摸摸石头。第三个景点是我的一个秘密，很少有人知道的地方。那是隔壁工厂的一个清洗车间的院墙外面，从院墙外走过，可以感受清洗车间的蒸馏水的雾气，好像下着毛毛细雨，迎着阳光，还能看到一道道彩虹。很开心可以和好朋友分享我的秘密，她们也连连称奇，大家在一起，时间过得很快，差不多到了晚饭的时间，我带着大家回家去了。

　　妈妈给我们做了一桌子菜和蛋炒饭，还有每人一瓶橘子汽水，我们举起汽水，为我们的友谊干杯。晚饭后，她们按照和家人的约定，背着书包依依不舍地回家了。我们也仿佛从那时起，开启了飞速成长的模式。那天的快乐景象定格在我们记忆中，那是属于童年友谊的美好时光。

屋檐下的老石磨

在老家院子的一角，屋檐下有个老石磨，石磨不大，需要手工推转。由于时间久远，木质的手柄变得光滑，石磨依旧保持干净清洁。

春雨淅淅沥沥地下个不停，空气中夹杂着青草的气息和泥土的味道，这个时节，也想吃一点清新的食物。用石磨推出煎饼糊子，取出上好的糯米，少许豆类，加水推磨，一人用手前后推拉手柄，石磨就渐渐转动起来。另一人将粮食从上方的孔加入，进到两层中间，两层的接合处有纹理，沿着纹理米浆向外转出，米糊顺着槽口流入盆中，逐渐攒了一盆的米糊。

春天里的播种季节，家家户户磨了新米，开始一年的劳作。"三角牯牛独脚舞，两轮石磨绕空飞。"将米糊进行加工，灶台生火，在热锅中倒入油。将米糊倒入做饼的勺状容器中，连容器和米糊直接放入油锅。在煎制时，根据个人口味，在米糊中加入辣椒酱或红薯丁。煎饼成形后，可以从容器里倒出，直接浸在油里继续加热，使得饼的中间熟透。然后再在容器里装入米糊，不一会儿煎好的米糊饼，便放在了锅上面的铁架上面沥油，味道香甜可口。

晚饭做一碗酸辣的牛肉粉也少不了石磨，取辣椒去梗去籽，西红柿去皮、切成丁，加蒜头，一并放入石磨加水，石磨吱吱呀呀地转动起来，酸辣的汁水出来，这些是一碗牛肉粉的精髓。每次用完石磨后，都会把石磨上面的一块圆磨取下，上下左右仔细洗刷干净，这样下次用的时候只需简单清洗即可。哪怕是最简单的食物，只要经过石磨的研磨，也会变得更加美味，可能是经过了时间的沉淀。

有时只是最简单地拉个豆腐汁，磨个炒米粉，经过石磨的研细后，也有了新的滋味，吃了让人回味无穷。而且经过石磨研磨后的食物，更加便于吸收，有利于身体健康。石磨转起来，也祝愿大家日子越过越红火，转出个时来运转，好运连绵。

高大个儿

我从小就比同龄人高出一截，可能是遗传了我爸的基因，他 1.98米。而我的妹妹则遗传了妈妈的基因，成年后妹妹 1.65 米，偶尔我也会羡慕她的身高。爸爸对于他的身高还是很满意的，虽然他稍不注意就碰到头，做衣服也比别人多费布料。据说当年爸爸就是凭借身高的优势，为单位篮球队立下汗马功劳。那天是爸爸第一天进单位工作，正好就有一场和外单位的篮球联谊赛，爸爸放下行李，便被召集到篮球场参加比赛，爸爸不负众望，他突破层层防守，来到篮下，眼见篮球离篮筐越来越近，爸爸一个跃起，进球得分。家里有不少爸爸打篮球的荣誉奖牌。

从小学开始，我就比同班同学高出大半个头，同学们叫我"高大个儿"，我坐在教室的最后一排。有的时候会引起别人的误解，因为一般留级生就是比同班同学高半个头。所以我就一直努力学习，为了证明我不是留级生。还有一次，两个男生在空地打架，后来老师除了让他们俩罚站外，还批评了所有经过没有阻止打架的同学。老师让那两个男生回忆都有哪些同学经过他们，他们很快就说出了我的名字，因为我是那么高，那么显眼。从那时候起，我就明白一个道理，我这样的身高，决定了我只能努力优秀，平平淡淡的日子不适合我。

本来我是因为学习成绩不错，能够遵守纪律而成了班长。以前我是如此地不愿意太出挑，每次上、下课喊起立坐下，都像蚊子一样嗡嗡的，领操的时候也是扭扭捏捏。久而久之，我们班和其他班级不一样，除了班长我以外，还有一个专门喊起立坐下的同学以及一个专门领操的同学。自从我明白那个道理以后，我的人生就完全地改变了，我知道背负了这个身高，就只能不断奋进，奔着优秀努力。大扫除的时候，我冲在最前面，拿起比别人都高的扫把，左右挥舞起来，打扫走廊、台阶和花台。

领操的时候，我也是大大方方站在第一排，给大家做好示范和引导。有一天早晨，我们在教学楼前面列队准备做操，忽然广播坏了。班主任拉着我说："高班长，你领大家到后面的操场上跑两圈。"有的时候，班主任会把我的姓错喊成高。既然班主任要求我们去跑步，我就得不折不扣地完成任务。管操场大门钥匙的是水房的陶老头，他可凶了，别说学生了，连老师也差使不动他，只有校级的活动，他才会打开操场的大门。我们学校的操场一圈正好四百米，是标准大小的操场，这在周围学校和企事业中，是个很难得的场所，经常有外单位借用我们的操场。这么大的权力，都归陶老头管，他只听校长的话，把操场大门的钥匙挂在腰间，看得可牢了。

我拉过来我们班小玉，她平时能说会道脑子比较灵活，最关键的是，小玉受不了别人凶，只要有人凶她，立马能掉眼泪，所以小玉是个适合打头阵的角色。我让她回班级去用鸡毛掸子给玻璃扫灰，告诉她不小心把鸡毛掸子从后面的窗户掉了下来，就只能赶快去找陶师傅拿钥匙，进去捡鸡毛掸子。小玉这聪明劲，马上心领神会。接下来就是一批喜欢打抱不平的男生等在操场门口，后面跟着的是重点人物袁大强，他是语文科代表，平时说话有理有据，表达清晰不容人置疑。

小玉果然不负众望，说服了陶师傅走到操场边，给她开门。陶师傅还是忍不住，批评了小玉几句，说她没有安全意识、太粗心。小玉一个绷不住，就哭了出来。在操场门口，早已安排了班级里几个喜欢论理说道的主。"对一个小姑娘这么凶"，"这大冬天的，广播坏了，还不允许我们到操场跑两圈吗"，"这操场是大家的，应该开门给小玉去拿鸡毛掸子。"大家你一言我一语，陶老头手里拿着钥匙，头已经被吵晕了。这时袁大强走出来，说道："今天广播坏了，我们班主任让我们去操场跑两圈。""好吧，跑完给我把门锁上，钥匙还给我。"陶老头妥协了，一边说，一边把钥匙塞到我这个站在后排的高个班长的手里。

那一天，我们班承包了整个大操场，绕着跑道，整齐地迈着脚步跑起来。大家一边跑步，一边喊着口号："高大个儿，真棒！"这大概是我高大个儿这个绰号的高光时刻。

客车故事

赵大明是猪，整整一辆大客车的孩子们都知道，只是最近流行把这句话写在大客车的座椅上。

这是一辆什么样的大客车，这是一辆崭新的大客车，是向阳化工厂的厂车。20世纪90年代，向阳化工厂作为一个老牌国企，各方资源是非常丰厚的。单是厂址选择，就征集了众多专家的意见，从该地的地势、气候和植被出发，选择科学合理的厂址。由于化工厂的污染排放，使得化工厂就得离市中心有一定距离，定在城乡接合部。但是这不会降低工人们的生活质量，老牌国营企业的牌子，在当时还是有影响力的。年轻人拖家带口地来了，化工厂周边也形成了一些商业圈。唯一不太方便的就是职工子女的就学问题，托儿所、幼儿园这些都还好，就选调一些职工家属当保育员，厂内就有自己的托儿所和幼儿园。为解决职工子女就读市里小学、中学交通问题，就有了这个故事发生的场所——大客车。

大客车每天来回八趟接送学生们上下课，客车上配备两名工作人员，一名司机，一名售票员，其实这客车接送属于厂内的福利，所以并不会向本厂职工子女收取费用，所以售票员的主要职责就是坐在售票员的位置，管理车内秩序以及车厢的清洁工作。由于这项工作的特殊性和重要性，司机和售票员都是化工厂优秀的员工，专业技术、工作态度和责任心都不在话下。而这里说的赵大明是第二任售票员，他是个例外，由于第一任售票员黄娟阿姨生病住院了，临时从工厂哪个部门调过来的。

有孩子买罐头去看望了黄娟阿姨，等回来以后，渐渐地发现与认真、热心的黄娟阿姨相比，赵大明就太不像话了。首先，赵大明粗鲁。他有一个口头禅"妈了个巴子的"，下雨天大家收雨伞上车慢了是这句话，上车后，有的孩子看到同班同学或邻居等熟人就站在一起，没有再往车子后面走，也是这句话。其次，赵大明虚伪。喜欢巴结厂领导的子女和漂亮的小姑娘，有的时候还会向司机说情顺便带一些和本厂没有关系的人员。再次，赵大明自私。本来客车上座位就不够坐，排队在后面的孩子就得站着，赵大明本身就胖，他一个人坐两个人位子，每次站起来指挥秩序，伴随着身上肥肉的抖动，嘴巴还发出不情愿的哼哼声。这和黄娟阿姨形成鲜明对比，黄阿姨身材娇小，照顾小孩子，有时会把自己的位子让给身体不舒服的孩子坐。其实孩子也是感性、直觉很好的群体，可以在第一时间判断出谁对他们好，谁对他们不好。同时，孩子们也是信息传递最快的群体，一旦一部分人对某人没了好感，很快就会感染到群体成员。

不知道是谁在什么时候，首先在大客车座椅的帆布罩子上写了一行小字：赵大明是猪。大家看到，就彼此会心一笑。这个消息在孩子们之间传递，有慕名来看座椅上字的人，也有以坐在那个椅子上为荣的人，一种小小胜利的标志。渐渐地不知谁在那句话下又写了一条，还是那句：赵大明是猪。过了几天，"赵大明是猪"像映山红一样散布在大客车各个帆布座椅上，几乎没有一个帆布座椅是空白的，有的座椅上有好几条。赵大明的脾气越来越大，说话和做动作的时候嘴巴还是配合出哼哼声。

张玲对赵大明一直很不满，虽然她是张厂长的女儿，赵大明经常觍着脸在她面前露出难得见到的笑意。张玲从其他孩子嘴里得知厂后勤部门近期会把这批座椅帆布罩子拆下来去清洗，虽然一般是一两个月会清洗一下，这次明显提前了。张玲决定要写点什么，但是她的家教是第一不能骂人，第二做事要磊落。于是，第二天大家看到座椅背上工整地写着："赵大明做事不认真。张玲。"小伙伴们看到后很是佩服张玲的勇气，张玲记得大客车上有一个比她高一届的姐姐，是她们小学的一名三道杠的大队长，看到张玲的时候，对她笑笑并且说道：你写得很好，运用了我们学到的书写中心思想的方法，先阐述事实，再说明原因，最后还挺有创意地签了名。

下午上学时候，张玲刚上车一落座，赵大明就哼哧哼哧地向她走过来，脸上是想笑又笑不出来的严肃。赵大明说：张玲，我要和你谈谈。本来车上到处都写了"赵大明是猪"，赵大明没有当场抓住一个人，正火气没处撒。现在，在骂人的话语下面出现了一个人名，也算是一个线索，赵大明自然不会放弃这个机会。他对张玲干笑了一下，慢慢地压低声音说道，你知道吧，有人在椅子上写了字以后，署了你的名字，这个事你知道吧。我就是想知道是不是你和什么人结仇了，被人家陷害。张玲平时在学校是很乖的孩子，成绩虽然一般，但基本不会犯错，更不会被老师批评或质疑什么的。被赵大明说得心里还是很紧张的，只是小声地说，不是别人写的，就是我自己写的。赵大明看了看她说，你确定吗，不是别人陷害你的，张玲低头摇摇。赵大明就起身回到他的售票员位置去了。张玲很紧张就哭了出来，车上有同学什么的，都过来安慰她说，不要怕他，没事的。因为是下午上学的时候，小孩子都带了一些家里的零食还没吃完，有的就把自己的零食拿给张玲吃。

张玲毕竟是个孩子，到了学校就把这件事忘了，到了下午放学回家，做完作业，一家人在一起吃晚饭，张玲爸爸看看她说，今天大客车上的事，赵大明下班后在厂门口等我，一个劲地向我道歉解释。

故事也讲得差不多了。什么？你问后来怎么样啊。后来黄娟阿姨病好了又来上班啦！赵大明嘛，据说去了一个又累又脏的车间。

婆媳乐

2022 年已经过去了，婆婆没有看到女儿，因为疫情原因，姐姐直接去姐夫家那边过年了，年后，就直接回城上班了。午后下着淅淅沥沥的小雨，婆婆一个人惆怅地呆坐在屋里，看着外面的小雨，我知道婆婆又在想女儿了。

我作为媳妇也只能安慰一下婆婆，大姐应该上班了吧。婆婆说，是的呢，初七星期一上班的。我说，因为疫情，外孙也没回来过年呢。我记得上次外孙小宝回来的时候，最喜欢吃粽子呢。我和婆婆说给外孙小宝做点粽子寄过去，雨后去采摘新鲜的芦苇叶最合适了，婆婆立马眼睛亮了起来，起身去淘糯米、泡糯米去了。

雨停了，我便出门去后山脚下的河边摘下又宽大又平整的芦苇叶。竹林里还有几个嫩嫩的冬笋，我也一并挖了放在箩筐里，在粽子里加上清甜爽口的冬笋丁可好吃了。将买回的五花肉切块腌制一会，鸭蛋直接取黄就可以用，另外配上花生和冬笋。包粽子时，将粽子叶折成三角形，在三角中填上需要包的食材，先放少量糯米，然后分开放鸭蛋黄和肉块，再放些糯米，冬笋丁和花生可以掺杂在糯米中一起放，这样粽子中间的食材是均匀在粽子里。最后将粽子叶折盖在米上，剩余的叶子再折在三角两边。

粽子折好后，再用棉线来缠绕捆绑，将包好的粽子在锅中摆好，放上水开始煮粽子，锅里的粽子在开水中翻滚，灶台下燃烧的火把粽子煮

192

熟。取煮熟的粽子直接解开绳绑，揭开粽子叶即可直接食用。老公看到婆婆喜笑颜开，就知道是我的主意，他把一部分粽子打包准备发快递，中午我们也吃到了鲜香的粽子，明显婆婆心情阴转晴了。饭后休息一会，我和婆婆说，我们去集市吧，可以直接把粽子包裹给快递公司寄给姐姐，还能顺便去逛逛街，婆婆很开心地和我出发了。

寄完快递后，我们就沿着集市逛起来，婆婆在一个四件套那里站了一会，看看颜色和花色都很满意，摸摸面料也是不差，就是价格有点贵，犹豫了一下还是没有买。我暗暗记下那个四件套，趁婆婆走开后，悄悄把这个四件套买了下来，回家后，我和婆婆说我们去试试四件套合适不，把四件套铺在婆婆的床上，婆婆笑得合不拢嘴，一直说真是漂亮，比结婚的时候还要喜庆呢。

和老公结婚后，我们就一直和婆婆住在一起，平时婆婆对我们的生活很是照顾，我们婆媳出门经常被人家误认为是母女。这次趁着过年，婆婆想女儿的时候，好好哄婆婆开心，以后我们一家人的生活也会越过越红火。

那年实习记

　　那时候离研究生毕业还有一年的时间，大家都希望可以在暑假参加实践活动，特别是我们这些学金融专业的。暑假开始之前，我抓紧时间在网上投简历，申请实习机会。渐渐地有了几次电话面试的机会，每次电话面试以后，我都及时总结经验。在不断地积累过程中，经过了两轮面试，最终获得了一家金融公司的实习工作，同学们祝贺了我，作为女生，更需要多出去闯一闯。

　　由于实习的地点是在大都市，我的人生中第一次需要独自在大城市生活一个月。由于经费有限，首先我详细地准备了衣食住行的相关事宜。服装的话，我到商场去买了一套夏季的正装，考虑到明年就要找工作、上班，这笔投资是不可或缺的。自己的衣服里再找出两套正式一些的衣服，搭配组合后，基本可以保持一周五天的衣着。饮食的话，我的预算是每天20到30元，尽量保证荤素搭配和维生素补充。住宿的话，我提前预订了离公司三站路左右的青年旅店。交通的话，办一张公交卡，保证上下班通勤和周末活动。

　　七月的一天，约定早上十点去金融公司报到。那天早上，我提前来到公司楼下，因为人生地不熟，在青年旅社也没事，便很早过来了。我在楼下转悠，熟悉一下环境，十几年过去了，至今还记得那天上午恰好是几百年一遇的日全食。月亮把太阳遮挡住后，太阳光照不到，有一瞬间四周一片漆黑，在这之前是渐渐暗下去的光影，和不能用肉眼直视的刺眼亮光，随着时间的推移，天空又逐渐恢复光亮，仿佛刚才的黑暗并不存在。我思考着，等一会儿上去的时候，可以和公司人事谈论一些关于日全食的话题。

时间还早，我低头忽然发现今天背的一个小包太可爱了，和身上的正装一点都不搭。环顾四周，广场这里有商店，应该有我需要的包。考虑到第一印象很重要，打定主意，我需要买一个黑色的皮质公文包，最好可以把我这个可爱的小包装进去，还真让我买到了。我提着新包，走进大楼，坐上电梯，开始我的实习工作。

第一天的实习很顺利地过去了，我被安排在金融公司的风控部门，首先，人事领我去见了风控部门的经理。是一个霸气十足的女士，然后经理又给我指派了一个带我的师傅，是一个落落大方的姐姐。后面一个月在工作上打交道最多的就是她们两位了。公司的风控部门主要是对公司的金融产品进行风险预测和控制，每天需要实时整理相关数据报告。

晚上住的是青年旅舍，青年旅舍里面一个大房间有十来个上下铺，还有空调、电视机、电脑。每天住的人员都是变化的，偶尔会有一群穷游的学生过来住。人数最少的那几天，只有我和另外一个过来比赛的高中生。吃还是一个需要时刻关注的问题，大城市的消费还是有点高的，一不小心就容易超支。哪怕买一瓶饮料，都要精打细算，中午的时候在公司楼下的食堂吃，一般控制在十元以内。后来我在旅社附近，发现一家饭店主营骨头汤和锅贴，很合胃口，解决了我的晚餐问题，而且经济又实惠。城市里大街小巷，有挑着担子卖水蜜桃和莲蓬的，又解决了我的蔬菜和水果。

在实习期间，有的时候师傅会让我单独跑程序，写风控报告，我都能很好地完成任务。同时，由于平时比较空闲，我会细心地观察每项工作的流程，以及各个工作人员之间的关系和处理事情的方式方法，这样在他们提出让我帮忙的时候，就能很快上手。刚刚走上实习岗位的时候，有一点很重要，就是我们需要完全地忘记书本上的知识点，把这些工作当作一个全新的开始，虚心学习，更好地适应环境。然后在完成任务以后，回头再去总结，这些工作任务利用到了哪些我们的专业知识，这样才会为以后处理相应问题提供思路。正所谓"问渠那得清如许，为有源头活水来"。

周末的时候，我和同一个城市上班的师姐约好去附近的一个公园游玩，我发现这是一座美丽、环保，又注重养生的城市。到处可见的绿植和干净整洁的城市环境，这个城市注重垃圾分类，方便使用的共享自行车，公园里面有一些茶室，可以在那里吃喝游玩一整天，钓鱼观景，好不悠闲自在，是周末放松的好去处。

一个月的时间其实很短，并不能学得很全面，主要就感受一下公司的氛围以及了解一些基本工作的流程。实习结束以后，风控部经理给我提供了一份实习证明，人事部门破例给了我一份去他们总部一线城市进一步工作学习的推荐信。短短的一个月，我仿佛成长了很多，为我以后的路越走越宽奠定了良好基础。不管未来走向何方，我都会感谢命运的安排，以及认真对待生活、珍惜时光的自己。

那些小学时的班干部

　　说起班干部，最受重视的当数小学时候的班干部了，老师、家长同学都视为一种荣誉。后来渐渐长大，大家将班干部作为一种榜样。现在想起来，小学期间班干部虽有调换，印象中做的时间长的是那么几名同学。

　　我们的正班长是一名外地转学来的宋同学，他长得白白胖胖，非常聪明。他的母亲是一名数学教师，不知有没有关系，每次数学考试他都是第一名，连奥数比赛也是名列前茅。他为我们班赢得了很多奖项，成为班长是当之无愧。他经常给同学们检查作业，特别是开学检查暑假作业的时候，他会一个个检查，把那些没有做完作业的同学找出来。

　　有一年暑假，老师让我们抄写应用题，开学的时候由班长负责检查。他让同学们把本子打开，快速检查起来，不一会儿就有几个同学因为数量不够，被班长记下名字。那几个被记下名字的同学，也跟着班长一起检查，希望同样情况的同学也被找出来。检查到我作业的时候，那几个同学就起哄，班长你看她的字写得真难看。说得我都开始心虚了，这项暑假作业我是最后几天赶的，所以选取了一些字数比较少的应用题抄写。其中一个同学说：班长，你看她的字为什么写得这么大啊。班长仔细数了一下应用题的数量是对的，回答那个同学说，就是为了看上去比较多，所以字写得大啊，那人家数量是够的，比你数量都不够强多了。最后，班长很公平地认可了我的作业，但他好像看穿了我偷懒的心思，我很是惭愧，以后类似的情况都是认真对待。

我们的副班长李同学，她是一名身材高大的女同学，她的作文写得特别好，经常作为范文读给我们听。她还是我们学校的故事大王，每次她在台上瞪圆了两只大眼睛，绘声绘色地讲故事时，别提多飒了。有一次老师在批改作业的时候，认为她标的一个字的读音不对，第二天她带来了几本厚厚的砖头一样的大字典过来，和老师探讨。随后老师肯定了她标的读音是正确的，还在全班同学面前表扬了她这种钻研精神，我们纷纷赞许她不懈追寻真理的勇气。

一般来说，班委里面的劳动委员和体育委员是两员大将，一个任劳任怨擅长组织，一个英姿飒爽运动健儿。劳动委员刘同学，此人可不是好惹的。刘同学每学期都合理安排好同学的值日表，并定下惩罚规矩：一是如果当天的值日生没有完成任务，则第二天继续值日，罚扫一天。二是如果哪位同学特别邋遢，在教室里乱丢垃圾，则和值日生一起留下来打扫卫生。在劳动委员的带领下，班级的环境也更加干净、整洁。体育委员张同学难能可贵的地方在于，不仅自己体育好、身体好，还特别照顾那些身体弱小的同学，集体活动的时候，还主动帮他们提东西。

文艺委员是我的好朋友琳，琳从小就有一副好嗓子，唱歌、跳舞样样拿得出手。她特别善解人意，每次文艺活动彩排的时候，都能很好地给大家分配角色，嗓子可以的唱合唱，动作协调的跳舞，哪怕都不擅长的同学，也会按照身材，高个在后面挥旗子，小个子在前面捧花，让每个同学都能参与到班集体的文艺活动中来。

作为班干部，是老师和同学给他们的信任，遇到事情，我们小学的班干部们也是八仙过海，各显神通，很好地承担了这份信任。他们在学习上不敢懈怠，服务同学积极主动，也算对得起班干部的荣誉。现在我们班级聚会的时候，大家还是会以班长、劳动委员等来称呼他们呢。

灯光下的新年聚会

　　每年新年来临之际，我都会和小伙伴聚聚。我、小丽和妍妍三个在陌生的城市里，因为短暂的培训学习相遇，大家岁数差不多，彼此有聊不完的话题，我们就把新年聚会作为一个保留节目，每年准时赴约。

　　每年都是老规矩，腊月里的一个周末的晚饭时间，地点是三人都能方便到达的地铁站附近，街道边的灯光秀里充满了新年的气息。在橘黄的灯光下，火锅店的一角，我们的聚会时光。俗话说，三个女人一台戏。三人到齐，伴随着火锅的热气，桌上欢声笑语不断。小丽2022年贷款买了房，换了新工作也是得心应手，好不让人羡慕。小丽说，我也发愁啊，家里天天催婚，可我平时接触的人员范围小，你们有没有合适的人选给我介绍一下。

　　2022年，我和妍妍一起帮小丽物色过男朋友人选，只是这个问题比较复杂，至今还是没有解决。现在我有了新思路啦，我说，你看现在年轻人不都喜欢说二次元，多次元吗。这是什么意思呢，我是这样理解的，利用多次元可以解决很多问题，包括你的找男朋友问题。现在网络发达，除了工作和生活，可以利用自己的时间，培养自己的兴趣爱好，喜欢漫画有漫画的圈子，喜欢电影有电影的圈子，甚至喜欢研究学术也有学术的圈子。比如我，爱好画画，就有自己画画的圈子，妍妍喜欢写文章，也有写文章的圈子。小丽你先找到自己的圈子，不愁找不到志同道合的朋友。

小丽若有所思地说道，那我喜欢旅游，尤其喜欢自驾游，是不是也可以找到自己的圈子啊！当然啦！小丽又说，可是我还没有拍到车牌没有车，怎么找到同样喜欢自驾游的朋友呢。没关系的，现在不是有租车公司嘛，只要努力一定可以找到属于你的圈子。

　　妍妍说你们这个多次元理论真不错，感觉可以解决不少问题。有的时候，万事万物之间需要的是缘分，五年前我们几个在一起学习财务，没想到成了好朋友。新的一年也希望小丽可以遇到对的人，我们都能做成点好的事情。在忙碌的日子里，停下脚步和小伙伴们一起吐个槽，互相倾诉与倾听，思想碰撞出火花，笑谈过去一年的得失，新的一年红红火火，日子更上一层楼。

秉烛引路人

又到了一年一度金秋时节，教师节快要到了，看着路边的小朋友手里拿着小贺卡准备送给自己的老师，不禁让我也想起了自己的老师。

他姓张，是我们高中的语文老师也是班主任，大家喜欢上张老师的课，张老师带我们学习一篇篇课文，在课堂上，声情并茂地阅读，让同学们体会到文学的美。有一次晚自习的时候，张老师给大家上作文精讲课，大家正听得津津有味，忽然停电了。黑暗中，传来张老师的声音"讲完，今天把作文讲完"。不知是谁从桌肚里面摸出一支蜡烛，张老师一只手拿着蜡烛，另一只手拿着课本，完全忘记时间尽情投入地把课讲完。看着老师手中的蜡烛一点点燃烧，想起一句话"春蚕到死丝方尽，蜡炬成灰泪始干"。

高二的时候，我们有个男生李亮，本来成绩不错，突然有段时间经常不上晚自习，很晚才回宿舍，成绩下降得很厉害。张老师通过多方了解，原来李亮的父亲生病了，只能在家休养。他们家没有了生活来源，别说支持他学习了，连生活费都成了问题，家里准备让他辍学去打工。张老师到李亮家里，做通了他父母的思想工作，在学校，给他申请了贫困生补助。

还有一次，我们高三的时候，有位男同学给女同学写了一封情书。这两个同学成绩在班上都是前十名，而这个女同学并没有打算拆开情书，而是直接把这封情书交给了张老师。大家知道后，都是抱着吃瓜的心态，看事情发展，这个事情在同学中酝酿，不论是当事人还是旁观者都无心学习，坐等老师处理。

果然上晚自习课的时候，老师把这位男同学请到办公室去"谈心"，男生回来后，我们都好奇老师和他怎么说的。男生害羞地告诉我们，老师只是给他讲了个故事，有一个男生在高中的时候向一个女生表达了爱意，并且后来结婚工作的事情。并且老师告诉他这个男生就是张老师本人，张老师从自身出发，叙说如果可以把这份情愫保留到大学，说不定他和他爱人高考都可以考出更好的成绩。

毕业的时候，我们班高考考出了好成绩，张老师告诉我们，感谢同学们一直对他的信任，以后不管遇什么事情，我们都可以和他说。我们仿佛又看到了在黑夜中拿着蜡烛照亮道路的引路人。